棄《す》てた金糸雀《カナリア》

犬飼のの

幻冬舎ルチル文庫

C O N T E N T S ✦目次✦

愛を棄てた金糸雀

✦イラスト・笠井あゆみ

✦カバーデザイン＝久保宏夏(omochi design)

✦ブックデザイン＝まるか工房

愛を棄《す》てた金糸雀《カナリア》

プロローグ

藍華《らんか》帝国、藍王朝が栄華を極める静謐《せいひつ》の世――。

桜舞う木洩《こ》れ日の午後に、妙なる笛の音が響く。

数多《あまた》いる妹の中でも、父の覚えが極めて目出度《めでた》い、六番目の妹の手によるものだ。

目を瞑《つむ》って聴けば大層癒される旋律なのかもしれないが、妹の姿を見つめていると心臓が高鳴り、心が凪《な》ぐ暇がない。

「異母妹とはいえ、其方《そなた》が血の繋《つな》がった実の妹であったことが、私にとって最大の不幸だ。他人ならば誰が反対しようと其方を妻にしたというのに」

演奏を終えて父から賛辞を受けた妹に、私は遣《や》る瀬ない想いで声をかける。

父は純粋に演奏を褒めていたが、私にはそれどころではなかった。

齢《よわい》十一の妹は、とてもそのような若年には見えない色香を備え、目を奪われるのは疎《おろ》か、息をするのも忘れかねないほどの美貌《びぼう》の持ち主だ。

絹と真珠から成る肌には、頬《ほお》にほんのりと春曙紅《しゅんしょっこう》の色が差し、髪は墨より黒く、些《いささ》か度がすぎるほど艶《つや》めいている。好物の餅《もち》菓子に添えられた黒蜜《くろみつ》を見るたびに結い上げられた妹の髪を思いだし、胸が苦しくなって菓子が喉《のど》を通らぬ有り様だった。

「ご冗談を……兄上様には、すでに御子様までいらっしゃるではありませんか」

「いつの間にか結婚していたのだ。そこに私の意思は微塵《みじん》も存在しない。息子は可愛《かわい》いが、作った時のことは考えないようにしている」

こんなことを口にするのは男としてみっともないとわかっているが、私にとっては愛《いと》しい妹に真を示すことのほうが重要だった。

事実、結婚したのは八つの時だ。妻は六つ年上で、私の母が用意した。

妻は私のことを肩書でしか見ておらず、酷い風邪で寝込んだ際に、子種の心配と伝染《うつ》る心配しかせずに、わざわざ遠い部屋に避難するような女だ。

過干渉な母からは、「早く子を生《な》せ」「男子を作らねばならぬ」と執拗《しつよう》に迫られ、耐えに耐えてどうにか作った第一子が男子であった時は、地獄の底から抜けだした気分だった。

「其方、最近あまり喋《しゃべ》らなくなったな。もしや其方まで具合が悪いのか？」

父が声をかけると、妹は明らかに顔色を変える。

私も同じことを思っていたので、答えが気になった。

以前の彼女は慎ましくも明朗な少女だったが、近頃は口数が少ない。

話しかけても最低限の受け答えしかせず、声も小さめだ。

母親が臥《ふ》せっているので無理もないが、それ以外に憂いがあるなら、打ち明けてほしいと思っている。

とはいえ子供の頃とは違い、同じ屋根の下で暮らしているわけではない今、こうして会うことも容易ではないのだが――。

「いいえ……わたくしはこの通り壮健な体をいただき、心より感謝しております。ご心配をおかけして申し訳ありません」

「ならばよいが、壮健がすぎてあまり大きくなってはならんぞ。それ以上背が高くなると夫選びが難しくなってしまう。美しき手弱女《たおやめ》であるべく、十分に努めるがよい」

「父上……そのようなことを言っては気の毒ですよ」

「大事なことだ。自分よりも大きな女を娶《めと》る貴族がどこにいるのだ」

父の言葉に妹は気落ちした様子で、「誠心誠意努めます」と答えた。

己に非のないことで注意を受け、無理を強《し》いられる妹を、私は心底憐《あわ》れに思う。

十八歳にして長軀《ちょうく》を誇る私には、「私ならば並んでも絵になるぞ」と胸を張り、夫候補に名乗りでたい願望があった。

もしも妹のほうが大きくなっても、一向に構わない。

幼い頃から見てきたが、才知に長《た》けて心優しく、理想の妻そのものなのだ。

これほど美しく色香に富み、類稀《たぐいまれ》なる笛の名手でもある自慢の妹を、何故《なぜ》他人にやらねばならないのか――それを考えると、絶てない血の絆《きずな》がつくづく忌々《いまいま》しくなった。

1

大和《やまと》歴、泰平《たいへい》十八年――東方の島国大和が国家としての威信を失い、藍華帝国の特別行政区となってから二十年が経過していた。

元々の大和は歴《れっき》とした自治国家だったが、政治不信と経済の停滞により弱体化したことで、国家救済のための内政干渉という大義名分を他国に与えてしまった。

世界警察的立場を誇る北東のアレイア合衆国、西方の藍華帝国――これら二大強国の庇護《ひご》下に置かれた大和は、果ては藍華帝国の支配下に置かれることとなり、政府は解体された。

帝《みかど》及び大和帝室は残され、言語や文化に関しては強い弾圧を受けずに済んだものの、藍華帝国の支配力は年々弥増《いやま》し、今の大和は特別行政区という名の植民地も同然だった。

彼《か》の国の方針に従う者は真っ当に生きられるが、逆らう者は容赦なく首を刎《は》ねられる――

そんな時代だ。

「紳羅《しんら》さん、弔《とむら》いの歌……今年も聴いていていいですか？」

毎年、三月十八日の夜になると声をかけてくる少年がいた。

名を、月里蓮《つきさとれん》という。

歳《とし》は一つ下で、義務教育課程にある十四歳だ。七歳の妹の手を引いている。

花束《はなあずま》紳羅は、月里蓮が苦手だった。

蓮は大和人離れした亜麻色の髪の美少年で、妹だけではなく他の子供達の面倒も率先して見るうえに、大層頭がよく、運動能力もずば抜けている。非の打ちどころがなく、もちろん嫌いなわけではないのだが、彼に見つめられると自分が酷く薄情に思えてくるのだ。

他の人間と同じく、腫《は》れ物に触るように接するか、見て見ぬ振りをしてほしいのに、彼は歌を求めて真っ向からやって来る。いっそ盗み聞きでもしてほしい。

「構いませんよ。今年が最後になりますね」

「……淋《さび》しくなります」

ぽつりと呟《つぶや》いた蓮に、彼の妹の舞《まい》が同調して頷《うなず》く。

四月一日になったら、紳羅は彼らの前からいなくなる。

その日のうちに、男妓楼《ぎろう》に引き渡されることが決まっていた。

蓮も来年になればここを出るが、有能な彼が行く先は陸軍高等学校だろう。

その道を羨《うらや》ましいとは思わないが、用意された道の中ではもっとも真っ当だとは思う。

もしも自分が進む道が彼と同じ軍人になる道であったなら、今頃は違う心持《こころもち》でいられたのかもしれない。

「先に音楽室に行っていてください。僕はピアノの鍵《かぎ》を借りてきます」

紳羅の言葉に、蓮は「はい」と答える。舞も真似《まね》して、「はーい」と答えた。

仲のよい兄妹の後ろ姿を見送りながら、紳羅は独り陰鬱《いんうつ》な溜《た》め息をつく。

ここは、藍華帝国に逆らって処刑された逆賊《ぎゃくぞく》の遺子が収容されている特殊孤児院で、彼ら兄妹も他の子供達も、そして紳羅も立場は同じだ。

ただし紳羅だけは職員から特別な扱いを受け、最上階にある個室ですごし、食事も独りで摂《と》っている。

雪の如《ごと》く白い肌と、鴉《からす》の羽根のように黒く艶やかな髪、そして血の色の唇という、童話の白雪姫を彷彿《ほうふつ》とさせる美貌を持ちながら、年齢のわりにはすらりと背が高く、それに反して変声期を終えても奇跡的にボーイソプラノを保っている紳羅だったが、特別待遇の理由は、際立つ容姿や才能とは無関係なものだった。

目に見えぬ、血筋にのみある。

紳羅は元華族、花東家の嫡男で、世が世なら帝室の姫君を娶《めと》れるほどの貴公子だ。

華族には帝室の藩屏《はんぺい》としての志があり、どれだけ時代が変わろうと、科学が著しい発展を遂げようと、現代でも変わらぬ忠節を尽くす者はいる。

紳羅の両親は帝を想うあまり、政権奪還を狙《ねら》う大和《やまと》攘《じょう》夷党《いとう》に資金提供した。

その結果逮捕され、ろくな裁判もなく処刑されたのだ。

偶然だが、月里蓮と舞の両親も同じ日に処刑されている。

——僕が歌うのは、これで最後。もう二度と歌わない。

ピアノの蓋《ふた》を開けて弾き語りを始めた紳羅は、人生最後の歌に想いを籠《こ》めた。

この世でもっとも優美だと信じて疑わない大和語で、大和人なら誰もが知っている弔いの歌を歌い上げる。

月里蓮が向けてくる、「同じ恨みと悲しみを背負っていますよね」と、半《なか》ば断定的に問いかける目が苦手だが、最後の歌を彼の前で歌えてよかったと思う。

――弱い者が負けるのは世の理《ことわり》……華族が帝のために命を捧げるのは当然のことであり、本望でもある。僕は君のように藍華帝国を恨むことも、自分の親を愚かだと思うこともできないけれど、僕は僕なりに両親の死を悼《いた》んでいるんだよ。君ほど強く恨むことも深く悲しむこともできず、強《したた》かに生きる意欲もないけれど……。

軍人には向かず、なおかつ美しいからという理由で男妓楼に引き渡されることが決定した日に、紳羅は自分の命日を決めた。

四月一日の朝、ここを出る前に命を絶つ。

華族制度が疾《と》うに廃止されたものであっても、やはり華族は華族であり、生まれながらに貴人として育てられた紳羅に、春を鬻《ひさ》ぐことなど耐えられなかった。

2

四月二日——昨日の朝にはこの世を去っているはずだった花束紳羅は、大和の男妓楼ではなく、藍華帝国にいた。首を括《くく》った痕跡《こんせき》も手首を切った痕《あと》もない、無傷の生体のままだ。

特殊孤児院で育った逆賊遺子は、義務教育課程を終えても自由の身にはなれない。

男子は永久兵役、女子は妓楼送り。どちらも大和に残るが、それらの基準に満たない者は藍華帝国に強制連行される決まりがあった。

この、「基準に満たない」という表現は曖昧《あいまい》なもので、陸軍高等学校に上げるには体格や能力が著しく劣る男子や、妓楼に送っても稼げる見込みが低い女子を指すのが一般的だが、まったく逆の理由で強制連行される者もいる。

女子ならば、極めて優れた美貌を買われ、大和の妓楼ではなく藍華帝国に送られたうえで貴族の愛妾《あいしょう》となる者。或《あ》いは、男女を問わず芸術的もしくはなんらかの才能を見いだされ、藍華貴族に召し抱えられる者。どちらも非常に稀ではあったが、確かに存在した。

「ここが城下の市街地、西華苑《せいかえん》です。この通り街全体が高い塀で囲われているため、許可を持たない者は入れません。貴族や官士、裕福な平民ばかり住んでいるので治安がよく、昼も夜も安心して出歩くことができるでしょう」

黒塗りのセダンの窓から、紳羅は夕刻の街並みを眺める。

運転手とは別に、助手席に座っている男が何かにつけ詳しく説明してくれた。

それも大和語で話してくれている。これから一時的に紳羅の主人になる貴族に仕えているそうで、洋装がよく似合う二十代の優男だ。名を、張黎樹《チャンリーシュ》と言う。

塀の中なら出歩けるということは、換言《かんげん》すれば塀の外には出られないという意味だと察した紳羅は、溜め息をついて窓を曇らせた。

不安と憂鬱《ゆううつ》な気持ちの他に、異国に来たことによる心身の疲労、あとは少しばかりの安堵《あんど》が籠められた曇りだ。『帰りたい』と、指で書きたいのをこらえた。

それはさすがに我《わ》が儘《まま》というもので、自分が恵まれていることは承知している。

しばらくの間はこの街で暮らし、主人に対して従順であれと言われているが、ある程度の自由は与えられるのだ。

「藍華には露店や行商人が多く、道を歩くのが大変なほど賑《にぎ》わっていると聞いていましたが、この街はとても静かで綺麗《きれい》ですね」

「はい、ここは特別ですから。露店も行商も呼び込みも禁止で、もちろん街娼《がいしょう》もいません。吸い殻一本捨てるだけでも逮捕され、飼い犬の散歩も、抱くかバッグに入れて歩かなければならないのです。信号を無視するだけでも捕まりますから、くれぐれも注意してください」

「はい。道理で綺麗すぎると思ったら、そういうことでしたか」

紳羅は、整いすぎた街並みと華美な恰好《かっこう》で歩く裕福な人々、そして通行人に目を光らせる警察官や、多すぎる防犯カメラを見て眉《まゆ》を顰《ひそ》める。

生まれ育った小さな島国、大和との違いを感じた。

近代に入り、華族制度が廃止されてからの大和は貧富の差が少なくなり、島国であることも手伝って、独自の文化を持つ国家として統制が取れていた。

元より清廉《せいれん》さや謙遜《けんそん》を美徳とする民族で、良識のある親は、子に対して他人に迷惑をかけないよう教え込んで育てる。大和人は、罰則などなくともやってはならないことを当たり前に知っていて、それを守り、争わず、譲り合うことができる民族だ。

一方藍華は、領土があまりにも広大で政府の目が行き届かない地域も多い。

銃刀にしても麻薬にしても、大和のように管理しきれる規模ではないため、山賊や海賊、麻薬密売組織が存在し、大規模な掃討《そうとう》作戦を実施しても一掃するのは困難だった。

治安のよい国とは、お世辞にも言えない。

善良な一般人の国民性も、大和とは大きく違うと言われていた。藍華は身分の差や貧富の差が激しいうえに人口が多く、他人を出し抜かなければ生き抜けない現実がある。

そういった国民性の裏にある作為的な美観は、どこか虚《むな》しく見えた。

「こちらが宗家の西華苑屋敷になります。主人はお忙しい方ですし、原則としては奥方と御子様がいらっしゃる本宅のほうにお帰りになりますが、暇を見てこちらの別宅にも通われることでしょう。本日は特別に時間を取り、お待ちになっておられます」

「お忙しい方なんですね」

「まあ、そうですね。それなりに責任のあるお立場でいらっしゃいますから」

車は街外れの緑豊かな屋敷に近づき、朱色に塗られた門に向かって真っ直《まっす》ぐ走る。

二車線程度の道幅は、完璧《かんぺき》に刈り込まれた緑の生垣に挟まれていた。

生垣は高く、圧巻の光景が延々と続いている。

早くも遅くもない頃合いで開門され、門を抜けると視界が開けた。

高く厚い生垣と石塀に包囲された敷地には、伝統的な藍華建築の屋敷が建っている。

どこもかしこも朱色と金で塗り尽くされており、足元には一つ一つ磨き抜いたような黒い玉石が敷かれていた。樹木は青々と美しく、季節柄、花をつけている木が多い。中でも桜が見事で、大和の名所にも劣らぬほどの大和桜が三分咲きの花をつけていた。

「桜がたくさん……もう開花しているんですね」

「はい、今年は少し早いようです。主人は西華苑以外にも別宅を持っていますが、桜の木が植えてあるのはこちらの屋敷だけなんです。紳羅様をお迎えするにあたり、ここがもっとも相応《ふさわ》しいと仰《おっしゃ》られて、我々が急ぎ準備を整えた次第です」

主の側近である黎樹の言葉に、紳羅は「光栄です」と答えた。

車を降りると、夕風に頬を撫《な》でられる。

この国に来てから空気の匂《にお》いが違うと感じていたが、今過《よ》ぎった風は大和のものと変わらなかった。

桜は香る花ではないが、それでも何かしら、大和の空気を作りだす力があるのだろうか。

空気が違うと感じること自体心の持ちようなのかもしれないが、心に変化を生むのもまた、桜の力に思えてならない。

「主に到着を伝えて参ります。こちらで少々お待ちください」

黎樹が一礼して去ると、車も駐車場へと移動する。

庭が急に広くなった気がして、紳羅は桜の木に手を触れながら深呼吸した。

なんとなく淋しくなり、桜から温《ぬく》もりを得る。

十一歳まで元華族として何不自由なく育ち、幼い頃は帝室の子供達の遊び相手を務めたこともある紳羅は、義務教育を終えたばかりとは思えないほど落ち着き払ったところがあるが、性根はまだ子供だ。異国で独りになれば、どうしたって心細くなる。

――宋《ソウ》天《ティエン》遊《ヨウ》大佐……僕を歌手にしようという御方……。

この屋敷の持ち主である宋天遊という男の姿を、紳羅は思いつくまま想像した。

人生最後の夜だと思っていた三月末日の夜、特殊孤児院の院長宛てに一本の電話が入り、紳羅の運命は大きく変わった。

最初に電話をかけてきたのは宋天遊の側近だったそうだが、紳羅が院長室に呼びだされた時に電話の向こうにいたのは彼だった。

『私は藍華軍人で、宋天遊という者だ。縁があって君の歌を聴かせてもらった。妓楼送りにするのも軍人にするのも考えられない、とんでもない話だ。声変わりをしているとはとても思えないほど素晴らしいボーイソプラノは、奇跡としか言いようがない。とにかく今とても興奮していて砂漠でダイヤモンドを見つけたような気分なんだが、どうだろう、藍華に来て宮廷歌劇団の入団試験を受けてみないか？』

一応は疑問形で終わりながらも、彼の口調には有無を言わせない不思議な力があった。かといって高圧的だったわけではない。

あとから聞いた話によると、藍華の建国記念日に紳羅が弾き語りした藍華国歌を録音したものが、この日の朝、宋天遊の元に届けられたらしい。

院内の催し物で仕方なく歌っただけだったが、院長は音声データを藍華の役人に送り、「逆賊遺子ではありますが、見目も血筋も大層よく、奇跡の歌声を持つ少年がいます」と、強く推薦していたという。

その結果、巡り巡って宋天遊の耳に歌声が届いたというわけだ。

彼は藍華帝国を支配する藍一族の人間ではなかったが、名門宗家の三男坊で、身分は貴族、軍位は大佐だと聞いている。

声からすると二十代半ばくらいの印象で、大和語を母語のように自然に使っていた。

大和が藍華の行政特区になってから生まれた大和人の子供は、紳羅を含め当たり前に藍華語を話せるが、支配国である藍華人が誰しも大和語を話せるわけではない。

自国語のように滑《なめ》らかに話せるのは、極めて高い教養の持ち主だけと言われている。

話し方や声から、紳羅は快活で若々しい貴族軍人の姿を思い浮かべた。

会話の内容も影響しているが、好意的な印象を抱《いだ》いたのは事実だ。

まずは電話での簡単なテストとして、彼は『何か歌ってくれないか？』と求めてきて、紳羅は咄嗟《とっさ》に弔いの歌を歌った。

歌い始めた途端、横にいた院長が血相を変えて、「やめなさい」と身振り手振りで制止しようとしたが、紳羅は電話越しに弔いの歌を歌い続けた。

支配国の人間に対し、処刑された両親の無念を訴える――といった、大仰な意図があってのことではない。藍華国歌や軍歌でも歌えば、院長は「よしよし」と満足げに頷《うなず》くだろうが、翌朝死ぬつもりだった紳羅には気持ちの切り替えができず、心の伴わない歌よりは、情感の籠もる歌のほうがよいと思ったのだ。

否《いや》、それは少々後づけで、正しくはあれこれと考える余裕がなかった。死を前にした思いがけない展開に動揺し、揺れ動く自分の感情に翻弄《ほんろう》されていた――というのが正しい。

『ありがとう……君の歌を聴いて亡くなった身内のことを思いだし、胸が痛くてたまらなくなった。心を揺さぶる力がある証拠だ。是非《ぜひ》こちらに来て入団試験を受けてくれないか？

一切の面倒は私が見る』

藍華貴族の前で弔いの歌を歌った非常識な紳羅に、彼は感極まった声でそう言った。

鷹揚《おうよう》な話し方と度量のある言葉に、紳羅が胸を撫で下ろしたのは事実だ。

歌い終わった時には、僕はなんてことをしてしまったのかと焦る思いもあったため、感情豊かで人間味のある宋天遊の人柄に救われた。

この人なら信じてもいいという気分になり、「承知致しました」と答えたのだ。

大和を出る前に一つ年下の月里蓮から、「特別待遇が決まったそうで、おめでとうございます」と言われた時は、元華族でありながら売国奴《ばいこくど》とも取れる選択をした自分への蔑《さげす》みを込めた嫌味ではないかと疑ってしまい、これ以上ないほど卑屈な気分になったが、彼は相変わらず妹の手を握りながら、「這《は》い上がるチャンスがあるなら、当然摑《つか》むべきだと思います。どうかお元気で」と、曇りのない目をして言った。

自分のことを年相応の子供だとは思っていない紳羅だったが、苦境の中で生き抜く覚悟を決めている蓮のほうが、より大人《おとな》びていると思った。守りたい存在がある者は、誰しもあのように強くぎらついた目で生きていけるものなのだろうか。

蓮ならば、もしも男娼《だんしょう》として男妓楼に送られたとしても、そこから這い上がる手段を考え、着実に実行するだろう。

男に抱かれるくらいなら死のうと考える自分とは、性根の強さが違う気がした。

――僕には守りたい人なんていない。唯一いるとすれば、帝くらいのものだ。でもそんな力はないし、何かできるなんて思うこと自体が恐れ多い。

役立たずなうえに覚悟も甘いが、しかし自分は死ぬことなくここにいる。

どのみち選択する自由などなかったのかもしれないが、少なくとも今、「自分の意志で藍華に渡り、宮廷歌劇団の入団試験を受ける」という認識が胸にあるのは事実だ。

「君が花束紳羅か」

桜の木に触れながら待っていると、聞き覚えのある声が耳に入る。

ああ、電話で聞いた声だ――そう確信しながら振り返った紳羅は、次の瞬間、俄《にわか》には信じられないものを見て後ずさった。

「う、ぁ……!」

真っ先に目に飛び込んできたのは、巨大な白い虎《とら》だ。

あまりにも大きな顔と体を前に、本能が命の危険を訴えてくる。

一昨日の夜まで死ぬ気でいたというのに、脊髄《せきずい》反射の勢いで身を守ろうとしてしまうのだから、人間そうそう死ねないものなのかもしれない。

「ああ、すまんすまん。怖がらなくて大丈夫だ。この子は目もろくに見えない頃から人の手で育てられた虎で、この屋敷で暮らしている。私に危害を加える者には手厳しいが、普段は大人しいから安心してくれ」

「は、はい」

「素晴らしく賢い子で、名は『虎』に『空』と書いてコクウという。あえて大和語読みで呼んでいるんだ。フーコンよりコクウのほうが美しいだろう？」

白虎を従えていた男は、自分の名よりも虎の名を先に告げたことにおかしくなったのか、くすっと笑いながら「名乗るのが遅れたな。俺が宋天遊だ」と名乗った。

流暢《りゅうちょう》な大和語で、「私」から「俺」へと一人称を切り替えたが、どちらでも似合う気品と雄々しさを兼ね備えている。

先に虎に目を奪われてしまったものの、彼もまた非常に目を惹く青年だった。

金装飾の多い真紅の軍服姿で、とても背が高く、胸には厚みがある。

年齢は二十代半ばくらいだろうか。漆黒の髪は胸元まで伸ばされており、藍華貴族らしく見えた。隊帽は被《かぶ》っておらず、さらりとした長い髪が春の夕風に流れる様は、芸術性の高い絵画の如く美麗に映る。

墨と筆で潔く引いたような眉は、涼しげだが男らしい太さで、黒瞳《こくどう》を擁《よう》する切れ長の目が印象的だ。完璧な線を描く鼻梁《びりょう》や、肉感的な唇との調和が取れている。

がっちりとした軍人らしい骨格や硬質な輪郭を持ち、特に肩つきと首筋が男らしい。

紳羅は、偉丈夫という言葉がこれほど似合う人を見たことがないと思った。

「……は、初めまして……花束紳羅と申します」

藍華語での挨拶《あいさつ》の言葉を用意していたにもかかわらず、天遊に合わせて大和語で挨拶をし、そのうえ最低限のことしかいえなかった。

あとに続けるはずの言葉を見失ってしまう。

虎を見た衝撃のせいにしてしまいたいが、違う気がしていた。

動物はなんでも好きなので、飼い主の口から安全だと太鼓判を捺《お》されれば、いくら虎とはいえ怖くはなくなる。

実際のところ今感じているのは恐怖ではない。甚《はなは》だしい畏縮《いしゅく》だった。

見目形や服装だけではなく、妙に眩《まばゆ》い——天体に譬《たと》えるなら太陽、花に譬えるなら紅蓮《ぐれん》の花王の如く煌めく男を前に、足が震える。

「俺の名は大和人には呼びにくいだろう？　親しみを籠めて、テンユウと呼んでくれ。俺は大和語が好きで、自分の名前の発音も気に入っている」

「承知致しました。天遊様」

指示通りの呼び方をすると、天遊は満足げに微笑《ほほえ》む。

笑うとますます魅力的で、全身から金色のオーラが立ち上っていた。

錯覚だとわかっていても、本当に見えた気がして目を疑いたくなる。

三分咲きの桜も彼の微笑に喜んで、ぶわりと満開になったように見える。

じっと目を凝らせばやはり三分咲きのままなのだが、そう見えるものは見えるのだ。

「生憎《あいにく》と、この国では大和人は生きづらい。ましてや逆賊遺子だとわかれば、何かと迫害を受けることにもなりかねないし、非常に危険だ。不本意だとは思うが、今後は『紳羅』の『紳』の字と、『花束』という苗字からイメージした『蘭』の字を繋げ、俺の苗字をつけて『宋紳《ソウシン》蘭《ラン》』と名乗ってくれ。その名で戸籍を用意しておいた。ただ、もし俺のネーミングセンスがイマイチだと思うなら作り直そう。いい名前じゃないと気分が上がらないからな」

「宋紳蘭、ですね？　とても美しい名をいただいて光栄です」

「無理をしてないか？」

「いいえ、本当に素敵な名前で勿体《もったい》ないです」

「それはよかった。やや中性的だが、昨今我が国では名前の性差がなくなりつつある。見た目に合えば気にする者もいないだろう」

「はい、お気遣いありがとうございます」

「いや、こちらこそ。突然の誘いに乗ってくれて感謝している。君が無事合格したら、世話をする俺も鼻が高い。ただし、俺から特に推薦はしない。無名の一庶民として後ろ盾を持たずに勝負してほしいと思っているんだ。何故だかわかるか？」

「いいえ、わかりません」

「俺自身が自分の耳を確かめたいからだ」

「は、はい……お役に立てますよう、真摯《しんし》に努めます」

紳羅は天遊の存在感に圧倒され、会話をするのに相応しくないほど距離を取っていたが、彼が近づいてきたのを機に自分も一歩踏みだした。

大きな虎が、一層大きく感じられる。

白い虎は銀毛交じりで、夕空が濃くなるにつれ冴えてきた月の光を彷彿《ほうふつ》とさせた。思わず手が伸びてしまいそうなほど、豊かで美しい被毛を持つ雄虎だ。

首には太い首輪が嵌《は》められていて、瞳《ひとみ》と同じアイスブルーの半貴石が埋め込まれている。

天遊が金色のオーラを放つなら、虎空は銀色のオーラを放っているかのようだ。

怜悧《れいり》な顔つきと鋭い眼光で、己の主人を守っている。

「虎空……様も、初めまして」

「虎空でいい。友達になってやってくれ」

天遊に頭を撫でられた虎空は、紳羅の顔を見上げて「グゥ」と鳴く。

虎を間近で見たのは初めてだったが、猫と同様に表情が感じられた。

人と猫の脳は似ているため、互いに表情から感情を読み取りやすいと聞いたことがある。

紳羅が捉《とら》える虎空の今の気持ちは、「気に入った」というところだ。おかげで少しほっとする。自惚《うぬぼ》れた思い込みだとしたら恐ろしいが、心配は要《い》らない気がした。

「宮廷歌劇団の入団試験は三ヵ月に一度あって、次は来月末に行われる。つまり準備期間は二ヵ月足らずというわけだ。藍華人に成りきるための授業と、歌のレッスン。その他に藍華舞踊と演技の指導も受けたほうがいいだろう。試験は歌と面接だけだが、歌劇団では体力も必要になるし、入団後は舞踊のレッスンが多いそうだ。今からやっていて損はない。残るは美貌に磨きをかけるだけ……とはいえ、これ以上磨きようがないと思えるほどの美人だな。写真で見た時も驚いたが、実物はそれ以上だ」

「……お褒めに預かり、恐縮です」

目を合わせるのが恥ずかしくなるほど立派な男に容姿を褒められ、紳羅は穴があったら入りたい気分になる。

これ以上磨きようがないなどと、世辞もよいところだ。

天遊は髪こそ伝統に従って貴族らしく伸ばしているが、古臭いところは欠片《かけら》もなく、都会的で洒脱《しゃだつ》な雰囲気の持ち主だった。

彼の前に立つと、自分が酷く野暮《やぼ》ったい気がして恥ずかしくなる。

特殊孤児院の中で特別扱いされ、自分は元華族だから……と、容姿にもセンスにもいくらか自信を持っていた自分が心底恥ずかしい。上には上がいて、本当に高みにいる人は、下の者にこうも寛容なのだ。

「──紳蘭」

目の前に立つ彼に新しい名を呼ばれ、胸のあたりが痛くなる。

今この時より、自分は大和人の花束紳羅ではなくなるのだと痛感した。

軍人にして永久兵役を課すよりも、大和の妓楼で男娼にするほうが益になると行政局に判断された紳羅は、天遊の口添えでさらに異例の判断を下され、妓楼送りではなく強制連行という形で藍華にやって来た。

正確に言えば強制連行ではなく召命《しょうめい》に近いものだが、どんなに待遇がよくても、この先に夢があっても、そして呼び寄せた宋天遊が如何に心清き人物であろうとも、祖国を捨てることに変わりはない。

元華族でもなく、逆賊遺子でもなく、藍華国民の一人として、これから生きていくのだ。魂を大和に置いて、忠愛を帝に捧げたまま、藍華人の振りをして、藍華皇帝のために歌う人間を目指さなければならない。

自害する道もあったにもかかわらず海を渡る決断をしたのは自分であり、今、その選択を悔やんでいないのも事実だ。

「紳蘭……君は素晴らしい才能の持ち主だ。俺にできることはなんでもするから、合格を目指してくれぐれも励んでくれ。皇帝陛下のためにも、自分自身の未来のためにも」

「はい、天遊様」

僕は藍華人……宋紳蘭──己に強く言い聞かせながら返事をした紳羅は、天遊に向かってゆっくりと頭を下げた。

3

花束紳羅が宋紳蘭となって二週間が経《た》ち、日々のレッスンにも慣れてきた頃、一日置きに現れる宋天遊が「遠乗りに行こう」と言いだした。

乗馬経験がある紳蘭にとってそれは嬉《うれ》しいばかりの誘いだったが、城下で自由に馬に乗るのは難しく、まずは車で屋敷を出て、彼が愛馬を預ける厩舎《きゅうしゃ》に向かった。

「なんだか少し悔しいな。手取り足取り教えようと思っていたのに、こうも上手《うま》く乗りこなすとは、俺の出る幕がまったくない」

「僕は何も……単に馬がよいのでしょう。思うまま歩いてくれます」

「それもまた技術と才能があってこそなせる業《わざ》だ。その子は大人しいが少々神経質で、乗り手によっては頑として歩かない時もあるんだぞ。君のことが余程気に入ったんだな。虎空と一緒だ」

「そうだとよいのですが」

厩舎の前にある馬場を数周してから、紳蘭は天遊に続いて外に出る。

厩舎は静かな森の中にあり、彼は愛馬をゆっくりと歩かせた。

紳蘭が与えられたのは葦毛《あしげ》の上馬だったが、彼の愛馬はさらに見事で、その毛色を単純に表現するなら、シャンパンゴールドというのが相応しい。

裕福だった時代に見たことがあるシャンパンの色はまさにこの色であり、格別に上質な異国の絹の絨毯《じゅうたん》が、この馬の毛並みのような手触りだったのを憶《おぼ》えている。

月の光をそのまま繊維にしたかのような美しい物達が、今の紳蘭の生活を彩っていた。屋敷に帰れば絹で埋め尽くされた豪華な寝台があり、精緻《せいち》な模様が織られた絨毯や天鵞絨《ビロード》のカーテン、帝宮で使われる物にも劣らぬほど上質な繻子《しゅす》やレースや毛皮が当たり前のように身近にある。

さらには、食が進んで困ってしまうほど美味な食事や、高価な精油を与えられ、無制限に買い物ができる機能を付加したIDカードまで渡されていた。

今着ている服も、彼の側近の黎樹が用意してくれた乗馬服だ。一見洋風だが、ブーツには黄金の龍《りゅう》の飾りがついており、シャツには牡丹《ぼたん》の刺繍《ししゅう》が入っている。

――何故……見ず知らずの大和人だった僕に、こんなによくしてくださるのか。今日こそ訊《き》きたい。これまではなんとなくはぐらかされている気がして……。

愛馬に跨《また》がる天遊の背中を見つめながら、紳蘭は手綱を握る手に力を込める。

真紅の軍服の背中は広く、隊帽のすぐ下で一つに纏《まと》められた黒髪が時折揺れていた。黄金の装飾品が、木洩れ日を弾《はじ》いて煌めいている。

天遊は藍華禁城《きんじょう》の内城で働く近衛《このえ》連隊の副隊長で、彼は「副隊長は総勢十人もいるんだ。

つまりそれほど偉いわけじゃないし、実は大して責任ある立場ではなく、適度に暇で自由が利《き》く」と言っていたが、実際には非常に高い地位にある。

政治の腐敗を齎《もたら》す宦官《かんがん》が廃止された現在、近衛隊員は皇帝に近づける特別な存在として栄華を誇っていた。

軍人でありながら出兵することも汚泥に塗《まみ》れることもなく、容姿が重視されるうえに高給を得られるため、軍の中でも圧倒的に志願者が多い。

藍華に生まれた男子は、一度は必ず近衛連隊への入隊を夢見るといわれていた。

階級としては隊長ですら少将止まりだが、その実、皇帝に気に入られて一兵から貴族位を賜《たまわ》るほど重用される者もいる。

天遊の場合は元々貴族であるため、とりあえずは今より一つ上の隊長の座を目指しているのかもしれないが、そのために紳蘭を皇帝の気に入りの歌手にして出世に利用する意はないらしく、赤の他人の紳蘭を賛助する理由は見つからなかった。

彼は以前、「自分の耳を確かめたい」と言っていたが、それだけが理由とは思えない。

「昨日は買い物に出かけたそうだな」

「はい、黎樹さんに一緒に行っていただきました」

なだらかな山道を登りながら、紳蘭は事実と少し違うことを言う。

正しくは、天遊の側近の黎樹に連れだされたのだ。

紳蘭としては、外に出るのは時期尚早だと感じていたが、黎樹は藍華での暮らしに慣れたほうがいいと言って、半ば強引に紳蘭を車に乗せた。

「西華苑は取り締まりが厳しく窮屈な街だが、おかげで治安がいいのは間違いない。物流が盛んで充実しているし、買い物をするには最適だ」

「はい……百貨店に連れていってもらったのですが、大和の輸入品を扱っているお店がたくさんあって懐かしく思いました」

「藍華に来て二週間だったな。丁度ホームシックになる頃か」

「いえ、あの、それも少しはあると思いますが、僕は逆賊遺子として特殊孤児院にいたので、自由にお店を見て回るのは数年ぶりだったんです」

「なるほど、そういうことか。それなら俺がもっと早く連れだせばよかったな。何か欲しい物は見つかったか？」

「はい、西京《さいきょう》の名菓を見つけたので何点か購入させていただきました。天遊様がいらしたらご一緒にと思いまして……あ、お菓子に合わせて玉露《ぎょくろ》も用意したんですよ」

「それは楽しみだ。腹を空かせて帰らないとな」

馬上で朗らかに笑った天遊は、分岐点に差しかかると愛馬を左に向かわせる。

そこからしばらくすると道が開け、明るい緑色の絨毯を敷き詰めた丘に出た。

四月の芝は嬉々《きき》として、ほっそりした身を揺さぶりながら春の陽射《ひざ》しを賛美している。

「今日はこの景色を見せたくて連れてきた」

手柄を誇るかのように胸を張った天遊は、待ちきれない様子で紳蘭の馬に手を伸ばした。

慣れた仕草で二頭を同時に進ませ、石造りの低い塀に守られた絶壁に近づいていく。

「――っ……これは……」

青空と緑の境界に割り込んだのは、満開の桜だった。

咲き誇る大和桜が山の斜面を覆《おお》い尽くし、麓《ふもと》まで延々と続いている。

優しい桜色に視界を占められた途端、紳蘭の胸は弾み、頬は自然と持ち上がった。

「驚いてくれたか？」

「は、はいっ……とても」

「それはよかった。屋敷の桜は散り始めたが、ここは少し遅れて今が満開だ。大和人の君にこれを見せて驚かせたくて、わざと桜のない道を選んでここまで来てみた」

「ありがとうございます。素敵な所に連れてきていただき、本当に……っ」

「ピンク色を見ると気持ちが上がるのは女性に限った話じゃないし、桜を見て興奮するのは大和人だけじゃない、と俺は思っている。現にほら、凄《すご》くいい笑顔になってるだろう？」

そう言う彼がとてもいい笑顔をしていたので、紳蘭は彼が自身の表情のことを差しているのだと思った。しかしすぐに誤解だと気づく。彼が差しているのは、紳蘭の今の表情だ。

「……あ、本当に……笑っていますね。思いきり笑ってしまいました」

「思いきりというには上品すぎるが、いい笑顔なのは間違いない。笑うと年相応に見えて可愛いな……うん、凄く可愛い」

磊落《らいらく》な笑顔を見せつつ自分の言葉に頷く彼は、「ところで喉の調子はどうだ？」と、突然訊いてきた。

天遊の言動から自分が今何を求められているのかを察した紳蘭は、即座に「大丈夫です。とてもいいです」と答える。

「桜が出てくる大和の歌をリクエストしていいか？」

「はい、喜んで。ではしばらく馬をお願いします」

「ああ、俺も降りよう。そのまま待ってくれ」

馬上で歌うのは怖かった紳蘭は、天遊の手を借りて馬から降りた。

独りで降りられないことはないが、数年ぶりの乗馬だったこともあって自信がなく、内心ほっとする。何しろ差しだされた手が大きくて、その手に触れている間は嘘《うそ》のように安心しきっていられたのだ。

怖いものなど何もなく、悪い予感もまったくない――両親を失ってからそんな気分になることは二度とないと思っていたが、今は心がふわふわと軽く、桜の色に沿う心地だった。

「幼い頃に母がよく口ずさんでいた、桜を称《たた》える歌を歌います」

紳蘭は丘に向かって真っ直ぐに立ち、清浄な空気を胸いっぱいに吸い込む。

つい先日、天遊に弔いの歌を聴かせた時のことを思いだした。

あの時は、あれしか歌う気分ではなかったのに、今は心を籠めて明るい歌を歌える。

この二週間で八度受けた歌のレッスンを思いだしてはいたが、教師に指摘された技術的なものよりも、満開の大和桜を前にする今の気持ちを優先して歌い上げた。

——天遊様のために歌おう。天遊様は、大和人の僕に大和の桜を見せてくれる人……藍華軍人のイメージを覆《くつがえ》す、とても明るく優しい人。

死ぬことなど考えられなくなった自分の中から、面白いように声が出る。

こんなに気持ちよく歌ったことはかつてなく、声を生き物のように感じられた。

口から出た瞬間、喜び勇んで伸びやかにどこまでも飛んでいき、山を覆う桜をさらに覆い尽くす勢いで扇状に広がっていく。

天遊が放つ黄金のオーラを、自分の声にも見いだすことができた。

桜の上へと下りていく声は、紛れもなく金色に輝いている。

——これが僕の声……僕の歌……ああ、なんて幸せな……！

未熟で華奢《きゃしゃ》な体から出ているにもかかわらず、高い声には力があった。

体がついていかない部分はあったが、声そのものに煌めきと力を感じられる。

生まれて初めて、歌で生きていこうと思った。

この声を糧《かて》に生きていけると、そう思えた。

「素晴らしい！」

紳蘭が歌い終え、声が齎《もたら》す余韻が麓まで届いた瞬間、拍手が起きる。

感極まったのか、天遊は珍しく藍華語で感嘆した。

掌《てのひら》や指が痛くなるのではと思うほど強く拍手しながら、目を細めている。

「君に歌われる歌が幸せそうで、俺まで幸せになった！」

整った顔をくしゃりと崩《くず》すほどの笑顔に、紳蘭はなんと返してよいかわからなくなった。

彼が感動を示してくれたことがただただ嬉しくて、その喜びによって今の歌が輪をかけて輝きだしたのがわかる。

これまでは自身を慰めるために歌ってきたが、生きる糧とする以上、これからの歌は人の心を動かさなくてはならないのだ。宋天遊という燦爛《さんらん》たる人物によい評価をもらえたことは、そのまま、生きていく自信に繋がる。

「こんな素敵な所で歌わせていただいて、ありがとうございます」

歌っている時と同じ喜びが胸に迫り、紳蘭は目を潤《うる》ませた。

別段感動するような歌ではなく、春の桜の美しさを賛美しているだけの歌だというのに、こんなに胸が熱くなるとは夢にも思わなかった。

歌は旋律と声があれば成立するが、そこに気持ちが乗ると圧倒的な力を持つ。

自分自身を幸せにすることも、聴いてくれる人を幸せにすることもできるのだ。

いつの日もそれを忘れずにいれば、きっとまた、この悦《よろこ》びを感じられるはずだ。

「紳蘭、俺の耳に間違いはなかった」

耳を指差しながら笑った天遊は、その指を桜の先へと向ける。

紳蘭の目は眼下に広がる桜にばかり囚《とら》われていたが、麓の向こうには西華苑の街があり、さらに先には巨大な砦《とりで》があった。

「あれが藍華禁城。君が目指す場所だ」

砦は巨大な古墳のようであり、高台の丘にも見える。

緑豊かなところは大和の帝宮と変わらなかったが、外周に濠《ほり》がない分、塀がとても高い。

規模は非常に大きく、一つの街のようだった。

山の上から見ても構造がよくわからないほど高い位置にあり、無数のブロックに分かれている。敷地の内側を仕切る塀も高く、そのうえいくつもの屋根が続いて見えるため、どこでどう区切られているのか判別できなかった。

「俺が働いているのもあの城だ。君は宮廷歌手の一人として、あそこで暮らす」

「は、はい」

「藍華禁城は見ての通り広く、一般に廷内と呼ばれるのは内苑《ないえん》に囲まれた内城だけだ。城で働く者でも、身分が低い者は外側にある外城に住む。廷内の中央に位置するのが皇城《こうじょう》で、後宮も太子宮もすべて皇城の中にある。大まかにはそんなところだ。廷内で暮らすのと外城

に暮らすのとでは、大きな差があることだけ憶えておいてくれ」

「はい、憶えておきます」

「歌劇団の団員の多くは外城に住んでいるが、星《せい》歌手になると廷内に住むことができる。君なら歌劇団に入るくらい余裕だと俺は思っているが、目指すところは単なる団員ではなく星歌手だ。皇城に近い所で暮らして、皇帝陛下から直々にお褒めの言葉を賜るような、特別な歌手になってほしいと思っている」

　星歌手になれたら、天遊の屋敷を出たあとも彼に頻繁に会えるだろうか——そんなことを考えた紳蘭は、胸の内を悟られないよう無難な相槌《あいづち》を打とうとする。

　しばらく考えた結果、「はい、頑張ります」としか言えなかった。

「一昔前の歌劇団は、団員全員が宦者だったそうだ。声変わりの前に去勢された者は素晴らしいカストラートとして活躍したらしい。今は男女混合の歌劇団になったし、演目も多様だ。やたらと皇帝陛下を称えるつまらない劇ばかりじゃないから、遣《や》り甲斐《がい》があると思う」

　先程まで藍華禁城を指差していた天遊は、今度はもっと下にある、西華苑の中央あたりを指で示した。

「紫の旗を揚げている大きな建物、あれは宮廷歌劇団の西華苑劇場。端的に言うと二軍用だ。昨日あのあたりも通ったか？」

「はい、通りました。宮廷歌劇団の劇場だとは思いませんでしたが」

「入団試験が行われるのは西華苑劇場だから、何度か足を運んで慣れておいたほうがいい。あそこは皇帝陛下に見せる前の試上演を行ったり、二軍三軍の歌手だけで民間向けの歌劇を上演したり……まあ、基本的には陛下の前で失敗しないための練習という建前だが、城下に住む貴族や下級官士を始め、民間人が手頃な価格で歌劇を楽しめるようになっている。近々いい演目があるから一緒に行かないか？　星歌手も二人ばかり出るそうだし、試験前に歌劇団や会場の雰囲気を摑んでおく、いい機会だと思う」

「はい、是非」

一も二もなく承諾した紳蘭は、己の胸の中に満開の桜を見る。

デートという俗っぽい単語が頭に浮かび、思わず顔を左右に振りたくなった。

そんなことをして拒絶していると勘違いされたら困るので頭を真っ直ぐに保ったが、そのせいで一度浮かんだ言葉がなかなか消えない。

「あの、天遊様はご結婚されているんですよね？」

自分でも恥ずかしくなるほど焦った紳蘭は、事もあろうに、このタイミングで妙な質問をしてしまう。すぐに訂正したくなるものの、そうする前に「ああ」と即答された。

特殊孤児院に電話をしてきた相手、宋天遊が妻子持ちだということを紳蘭が知ったのは、藍華に到着した日だった。

側近の黎樹から、「主人はお忙しい方ですし、原則としては奥方と御子様がいらっしゃる本宅のほうにお帰りになりますが……」と、会話の中でさらりと言われたのだ。

その時は特に驚きもせず、身分ある大人の男として至極当たり前のこととして聞き流していたが、今になって妻や子の存在が少々気になっている。

「妻も子供もいるが、君に害が及ぶことはないから心配しなくていい。妻は高貴な身の上で気位が高くて……俺が余所《よそ》に子を作りさえしなければ、あとはどうでもいいらしい。趣味の世界に没頭していて、俺が美少年とデートに行こうと行くまいと、明日の天気ほどの興味も持たない。そういう女だ」

天遊の声のトーンは落ちており、奥方と不仲であることは表情からも察しがついた。

太陽のように明るい彼に、薄暗い雲がかかって見える。

「不躾《ぶしつけ》なことを訊いてしまい、申し訳ありません」

「いや、まったく問題ない。君くらい美人だと周囲の誤解を招くこともあるだろうし、その気がなくても関わる人間の素性を知っておいたほうがいい。嫉妬《しっと》深い妻や夫を持つ相手とは、一緒に歩くだけでも危険だからな。これからの人生色々あるだろうが、既婚者とはなるべく二人きりで行動しないことだ。俺を除いて」

「は、はい。気をつけます」

美人という言葉や、その前の美少年という言葉を否定しておきたい気持ちがあった紳蘭は、しかしあえて否定せずに受け止めた。

大和人の感覚で謙遜《けんそん》すると、嫌味や卑屈と捉えられた挙げ句に、褒めた相手を馬鹿《ばか》にしているとして、悪い印象を抱かれると聞いたことがあるからだ。

何より、「自分とは二人きりで行動してもいい」と取れる発言や、先程天遊が口にした「デート」という言葉に胸が騒いで止まらない。

心臓に細く小さな足が何本も生えてきて、その足がじたばたと動きだし、今にも飛んだり踊ったりしそうだった。

「妻が俺に興味を持たないことで、自分には男としての魅力がないのかと落ち込んだ時期があった。相手に興味がないのはお互い様なのに、勝手な話だが」

「本当に、信じられないことです。天遊様に興味を持たない女性がいるなんて」

「君にそう言ってもらえると嬉しいな。自信が湧《わ》いてくる」

くすっと笑った彼の顔からは、重たい曇りが消えていた。

しかしその代わりのように、彼の背後に本物の暗雲が見えてくる。

爽《さわ》やかに晴れていた青空を侵攻する雲は、明らかに荒天の象徴だった。

何か察したのか、空を見てはいない馬達が地団駄を踏み始め、移動を促してくる。

「天遊様、雨雲が迫っているようです」

「参ったな、気象予報が大外れだ」

「早く山を下りたほうがいいでしょうか？」

「いや、あの進み方からして間に合わないだろう。濡《ぬ》れて風邪を引いたら体にも声にも障るからな……雨が降る前に山小屋に避難したほうがいい」

天遊はそう言うと速やかに馬を引き寄せ、紳蘭の手を取って騎乗させる。

自分も馬に乗り、「すぐ近くだから心配ない。毛布や食料もあるから大丈夫だ」と、安心させるように笑った。


天遊の言葉通り、丘から山小屋までは数分とかからなかった。

丸太小屋をイメージしていた紳蘭の期待を裏切らない、小ぢんまりとした小屋だったが、隣には立派な馬繋場《ばけい》があり、入り口には厳重な電子錠が設置されている。

周囲の木々には防犯カメラがついており、山の雰囲気に溶け込みながらも、実際には現代的な小屋だった。窓には二重の強化硝子《ガラス》、洒落《しゃれ》た鉄格子までついている。

「もしかして、この小屋……いえ、山自体が私有地なんですか？」

もしかしてと頭につけながらも、紳蘭はすでに確信していた。

よくよく考えれば、桜が見頃の青天の日に、あれほど絶景の花見場所に誰もいないわけがないのだ。

思い起こすと馬に乗って山に近づいた時、物々しい軍人の姿を見かけた気がする。

「私有地と言えないこともないが、公には国有地だ。藍華禁城を覗《のぞ》ける山々はすべて、皇帝陛下の所有物とされている。通常は厳選された管理者しか入れない」

「え……ここは、皇帝陛下の山だったんですか？」

「ああ。桜が満開の時期くらい一般に公開すればいいと思うが、防犯上やむを得ない部分もあるな。高性能の望遠鏡を使ったら、後宮の美姫の裸まで見えかねない」

「特別に入山許可を取られたんですね？」

「そう、君に桜を見せたかったし、これでも近衛連隊の副隊長だからな」

「そうでしたか……わざわざありがとうございます」

「礼ならすでにもらっている。素晴らしい歌だった」

馬を繋いで山小屋に入った天遊は、すぐに床下の扉を開けた。

これもまた防犯上の理由なのか、床上にはテーブルと二つのベンチとストーブしかなく、毛布も食料も地下室にあるらしい。核シェルターに似た作りで、意外にも深かった。

「お手伝いしたいのですが、邪魔になりますか？」

「ありがとう。俺が渡す物を受け取ってくれ」

天遊は軍帽を脱いで梯子を下り、程なくして飲料水のボトルと数種のティーバッグを手に途中まで上がってくる。紳蘭がそれを受け取ると再び下りて、ミニポットとマグカップ、膝《ひざ》掛けや菓子を抱えて地上に戻った。

「あ、雨が降ってきました」

ポットに水を注いで沸かし始めると、屋根からバチバチと音がする。

夕方のように暗くなった挙げ句に、いきなりの大雨だった。

「ここに避難して正解だったな」

自分の選択が正しかったことを確信し、天遊は鼻高々に笑う。

そんな彼が少し可愛く思えて、紳蘭も一緒になって笑った。

シュンシュンと音を立て始めたミニポットを挟み、向かい合って座りながら窓を見る。

正方形の窓から見える空は、鉄格子によって細かく切り分けられていた。

こうして見ている間に、刻一刻と灰色を帯びていく。

水面に一滴二滴と墨を垂らすように、雨雲が仮想の夜を描きだした。

あんなに鮮やかな青だったのが嘘のようだ。

天遊は忙しい人なので、紳蘭に会いにきても長居はできないことも多かった。

だからつい考えてしまう。

このまま雨が止まず、この雨宿りが長引けばいい。

そのうち会話が続かなくなり、困ったり息苦しい思いをしたりするかもしれないが、もう少し一緒にいたいと思った。沈黙のままでもいいから、こうしていたい。

「お茶が色々あったんで適当に持ってきた。大和の菓子もあったぞ。どれがいい？」

電子式のミニポットがアラーム音を立て、保温モードに切り替わった。

目の前には一つ一つパッキングされたティーバッグと、金平糖《こんぺいとう》が入った袋がある。

「金平糖、懐かしいです。大和のお菓子は藍華で人気があると聞きました」

「ああ、非常に人気が高いんだ。金平糖は見た目が美しくていいな。作るのがとても大変で職人技の賜物だと聞いたので、食べる時はいつも時間をかけて舐《な》めている」

「そうでしたか……でも金平糖は嚙《か》む物なんですよ」

「そうなのか？」

「はい。ガリッと嚙んだ瞬間に広がる味を楽しむ物なんです」

「それは知らなかった。勿体ないが、これからはそうしよう。お茶はどれがいい？」

「お茶はこれが気になります。生姜《しょうが》蜂蜜《はちみつ》の紅茶……ティーバッグでは珍しいですね」

「蜂蜜が粉末状になって入っているんだ。喉によさそうだろう？」

「はい。それに温まりそうですね」

「なかなか旨《うま》いのでお薦《すす》めだ。あと、他にも喉によさそうなハーブティーがある。これと、これもそうだな。……だが、最初にピンと来たものが一番かもしれない」

「直感は大事ですよね」

「そうそう、君の声を初めて聴いた時も直感でピンときたんだ。いやそんな表現じゃ甘いな。そう、あれは……稲妻が走り、雷が落ちたようだった」

天遊は紳蘭が選んだ物と同じ生姜蜂蜜のティーバッグを手に取り、カップの湯に沈める。

するとたちまち生姜と蜂蜜の香りが漂ってきた。

紳蘭も同じようにしたが、気持ちは別のことに向いている。

何故こんなに自分によくしてくれるのか……今日こそ訊こうと思っていた紳蘭にとって、今は絶好の機会だった。天遊は「直感でピンときた」と言っているが、それだけでここまでしてくれるとは思えない。

「天遊様は……どうしてこんなに、僕によくしてくださるんですか？」

思いきって訊いてみた紳蘭は、急に答えが怖くなる。

目を見て話さなければ失礼だと思いながらも、徐々に濃くなるマグカップの中身に視線を落とした。

湯の中には色むらがあり、焦げ茶色から透明まで濃淡ができている。

紳蘭が手を触れると、驚くほどの勢いで同じ色に統一された。

それだけ手が震えていて、意図せず混ざったのだ。

「最初に明言しておくが、君と電話で話した時点では、俺は君の顔を知らなかったんだ。『変声期を終えても高い声を保っているうえに大層な美少年で、元華族で』とは聞いていたから、世辞を引いても普通程度に整った顔の少年だろう……とは思っていた。いくら素晴らしい歌声の持ち主でも、容姿がそれなりじゃないと宮廷歌劇団には入れない。その関係で、多少は見た目を気にしたのは事実だ」

ばつが悪そうな口調で前置きした天遊は、顔を上げた紳蘭をじっと見てから、「まさかと思ったんだ、君の写真を見た時」と、やけに言いにくそうに呟いた。

「僕の写真、ですか？」

「ああ、本当に綺麗な子で驚いて……何より、俺の初恋の人に凄く似ていたものだから」

「初恋の人に？」

「ああ、彼女は疾うに結婚しているんだが……そんなわけで、君の歌に出会ったのも何かの縁だと思った。むしろ運命だとすら思い、普通に世話するだけじゃ済まなくなった。それで急遽《きゅうきょ》あの別宅を……大和桜が植えてある屋敷を黎樹に命じて一日で整えさせ、君に相応しい部屋を用意したんだ」

「そうだったんですか……僕が初恋の人と」

「不快な思いをさせていたらすまないが、それが事実だ。事の流れを整理すると、歌だけで惚《ほ》れ込んで世話をするつもりで電話をかけたが、写真を見たらもっと惚れ込んで、待遇を格上げしたくなったというのが真実だ。こういうのを大和では『面食い』と言うんだろう？　それとも『現金』というんだったか？　こんなに正直に話して幻滅されないといいが」

天遊は極《きま》り悪い様子で言うと、ティーバッグを摘《つ》まんで湯から取りだす。

ますます香り立つ生姜と蜂蜜の香りの中で、紳蘭は拍子抜けして笑ってしまった。

まさかこんなに一気に、それも直截《ちょくさい》に語ってくれるとは思わず、少々複雑ながら、天遊の実直な人柄に対する好感を強める。

「もしかして、天遊様の初恋の人は大和人だったんですか？」

「そうだな、彼女の気を惹きたくて大和語を必死に勉強した」

「実際に会ってみて、僕はその方に似ていましたか？」

「いや、それが案外似ていなくて。記憶とはいい加減なものだな」

「それでは……待遇をよくしたのは失敗だったのでは？」

「俺が後悔しているように見えるか？」

意味深な笑みを浮かべた天遊は、茶の表面をフーフーと吹いて冷ます。

つい今し方まで眉を八の字にしていたとは思えないほど、悪びれない余裕の笑みだ。今や眉は吊《つ》り上り、自信満々、偉そうに見えるくらいだった。

それだけに、彼が自らの選択を正解として受け止め、この現状を好意的に捉えているのがよくわかる。

初恋の人に似ていなくてもいいのだと思うと、ふっと肩が軽くなった。

「君は本当に才能のある子だ。そのうえ美しい」

「ありがとうございます。変声期がやけにすぐに終わって、声が高いままだったのが最初は嫌でしたが……今こうして天遊様に褒めていただけることが何より嬉しいです」

「そう言えば、実に珍しいことだな。変声期によって声帯は二倍ほど長くなって、約一オクターブ低くなるはずなのに。しかも君は身長も人並みかそれ以上あるにもかかわらず、高い美声を保っている。喉仏も突出しないままだ。予《あらかじ》め聞いていなければ変声期前のボーイソプラノだと誰もが思うだろう。……その短い変声期はいつ頃だったんだ？」

「十四歳の時でした。平均的には半年から一年程度だと聞いていたのに、僕の場合は一ヵ月足らずで終わりました。その間は声が出なくて苦しかったのに、終わるとまた高い声が出るようになって」

「まさに奇跡の声帯だな、素晴らしい。では精通もその頃に？」

茶に口をつけようとしていた紳蘭は、耳に飛び込んできた言葉に固まる。

これは大和語なのか、それとも藍華語なのかと迷うほど耳を疑ったが、大和語で確かに「精通」と言われていた。天遊は紳蘭の声を褒《ほ》めちぎるが、彼自身も際立つ美声の持ち主で、発音は明瞭だ。聞き取りにくいことなどない。

「精通、ですか？」

「ああ、精通が来る頃に声変わりすることが多いだろう？」

彼の言う精通は、そういう意味の精通なのだと思うと、紳蘭の体温は一気に上昇する。

雨が降りだしてから余寒に肌を粟立《あわだ》てていたというのに、冷たい飲み物が欲しくなるほど体中が熱かった。

「そ、それが……まだなんです」

紳蘭の常識では、性的なことはすべて秘め事であり、他人に訊いたり言ったりしないものだったが、それは大和人の自分の常識にすぎず、藍華では違うのだろうと判断した。

迷いつつもありのままに答えると、目の前にある黒い瞳が丸くなる。

「清らかなんだな」

「み、未熟なもので」

「大丈夫だ、時に任せておけば自然と来る。君は見た目こそ大人っぽいが、まだ子供らしく無邪気でいてもいい歳だ。誰しも大人の時間は長すぎて、戻ることは叶《かな》わない。できるだけ長く子供でいられるのは幸運なことだ」

天遊は勇猛な見目に合わぬ柔らかさで言うなり、そっと手を伸ばしてきた。

テーブル越しに頭を撫でられ、紳蘭は困惑する。

触れられて嬉しいと感じる半面、子供扱いされているとも感じて、それがよいことなのか悪いことなのかわからなくなった。彼に子供として扱われるのは、あまり喜ばしくない。

「――あ……ッ！」

何か言わなければと思った次の瞬間、窓の外が光った。

閃光《せんこう》が小屋の中まで照らしだし、ありとあらゆるものの色を奪う。

雷だと認識するや否や、雷鳴が轟《とどろ》いた。

「や、ぁ……嫌！」

どこかで雷が落ち、振動まで感じられる。空が裂け、地が割れるような音だった。

馬の嘶《いなな》きが続く中、紳蘭は我を失い立ち上がる。

「紳蘭！」

天遊の声が聞こえたが、自分が置かれた状況を正確に把握することはできなかった。

脳裏に浮かぶのは、両親が処刑された夜の春雷だ。

「やめて……っ、殺さないで！」

帝のために命を捧げられるなら本望だと、父は納得しながら死んだだろう。

反政府組織とされる大和攘夷党への資金提供は、母も承知していたことだった。

そして自分も、子供ながらに両親のしたことを知り、即座に肯定した。

すべては失敗に終わったが、両親の行為は罪ではなかったのだ。

「紳蘭、大丈夫だ！　落ち着け！」

天遊が叫び、紳蘭は彼の腕に抱き締められる。

しかし同時に空が光り、稲妻に目を焼かれた。

「う、あ……ぁ……嫌！」

雷鳴が恐ろしく、逃げ隠れすることで頭がいっぱいだった。

天遊に抱かれながらも、紳蘭は地下室に手を伸ばす。

思考ではなく本能的に、雷鳴から逃れられる場所を見つけ、必死に求めた。

「紳蘭、早く地下へ！」

天遊は片手で扉を開けると、地下室へ下りるよう紳蘭に促す。

それに従った紳蘭は、梯子《はしご》など慣れぬというのに瞬《また》く間に地下室の床に足をつけた。

落下したわけではないが、大して変わらぬほどの勢いで駆け下りたのだ。

「大丈夫か？　ここなら雷光も届かないし、音もだいぶましだろう」

紳蘭のあとに続いた天遊は、梯子の途中で頭上の扉を閉める。

糸を鋏《はさみ》で切るように、ぷっつりと音がやんだ。

彼は梯子をほとんど使わず、床まで飛び下りる。

着地の音が響いたが、やはり雷鳴は聞こえなかった。

雷が治まったのか、それとも核シェルター仕様の地下室にいるおかげで聞こえないのか、どちらかはわからない。ともかくあの嫌な音と光から逃れられたのは確かだ。

「雷が苦手だったんだな？　すまない、天気がこんなに崩れるとは」

天遊の声が近くにあり、顔を上げると至近距離に唇がある。

彼の手に再び抱き締められた紳蘭は、自分が震えていることに気づいた。

彼の腕の中にいることで徐々に震えが弱まり、改善されて初めて、がたがたと酷く震えていたのだとわかる。あまり酷くて放っておけなかったのか、天遊は両手に力を籠め、「紳蘭、大丈夫だ。もう怖くない」と何度も囁《ささや》いてくれた。

「天遊様……」

取り乱してごめんなさい――そう言おうとしたが、涙声になって上手く発音できない。

息を吸って呼吸を整え、「ごめんなさい」とだけは言えたが、涙が零《こぼ》れてしまった。

「謝るのは俺のほうだ。君にも馬にも申し訳ないことをした」

気象予報が大きく外れてしまったのだから、貴方に罪はありません――と、言いたくても
やはり上手く言えない紳蘭は、彼の胸元で首を左右に振る。

異様なまでに震えていた体も落ち着き、深呼吸によって感情の昂《たかぶ》りも静まりだした。

それでもまだ天遊の腕の中にいたくて、軍服の袖《そで》をぎゅっと摑む。

特殊孤児院に入ってから、誰かに抱きついたり抱きつかれたりというスキンシップはなく、
独りで寝て独りで食事をして、どんなに暖かい部屋にいても凍えていた淋しい肌に、天遊の
温もりが伝わってきた。

「すみません……もう少し、このままで」

彼が離れていく気配はなかったが、頼んでおかないと不安になる。

「ああ、大丈夫だ。こうしている」

両親が処刑された日から先、雷を見たことは何度かあったが、紳蘭はこれまで一度として
取り乱したことはなかった。つらい記憶を掘り起こされて悲しくなり、布団に潜って嗚咽《おえつ》を

殺すばかりで、我を失ったことなどなかったのだ。

——ここが自分の国ではないから？　それとも、あまりにも近くで雷鳴を感じたから？

天遊に促されて地下室の簡易ベッドに座らせられた紳蘭は、彼の袖を放さなかった。

彼もまた、紳蘭を放そうとはしない。肩を包み込み、上腕を何度も撫でさすった。

——天遊様と、一緒だったせいかもしれない。

紳蘭は自分の中に、彼に対する甘えを見出《みいだ》す。

これまでは、教室にいる時や独りで部屋にいる時など、誰にも甘えられない状況で雷鳴を聞いた。それ故《ゆえ》に正気を手放すことなどできなかったが、今の自分は無意識に彼に甘えて、助けてもらえると思っているからこそ取り乱したのかもしれない。

「殺さないでくれと、言っていたな」

「……っ、そんなことを、言いましたか？」

「ああ、もしや両親のことと関係しているのか？」

紳蘭の体をさする手に一層力を込めた天遊は、「話すことがつらければ、何も言わなくていい」と言ったが、紳蘭は彼に聞いてほしい気持ちになっていた。

天遊に対する甘えが、誤魔化《ごまか》しようがないほど確実なものになる。雷鳴に怯《おび》えることも、問われるまま両親の話をすることも、彼からの慰めを求めているからこその行為だ。

「両親が逆賊として処刑された日、僕は特殊孤児院の部屋の窓から……処刑場の方角を見ていたんです。三月十八日、今日のような空模様でした」

口にすることで情景は濃くなり、あの日に窓硝子を打っていた雨音まで蘇《よみがえ》る。

瞼《まぶた》を閉じたらますます明瞭《めいりょう》になってしまいそうで、紳蘭はあえて目を開き続けた。

「処刑時刻になると雷が鳴って、酷く責められていると感じました」

「責められている？　十一歳だった君が？」

「はい。お前だけ生き残っていいのかって。両親の死の瞬間を見ることもなく、こんな所にいていいのか、お前は何もしないのかって、薄情さを責められているようでした」

紳蘭はそこまで話すと、特殊孤児院にいた一つ年下の少年、月里蓮のことを思いだす。

蓮の両親も紳蘭の両親と同じ日に処刑されたが、元華族という特権を持たない彼は、処刑場で両親の首が刎《は》ねられるのを見せつけられた。

同時刻、紳蘭は特権によりすでに孤児院にいたのだ。

それに元華族と庶民では処刑法が違い、紳蘭の両親は斬首《ざんしゅ》ではなく絞首刑に処された。見せしめに首を晒《さら》されることもなく、首が繋がった状態で棺《ひつぎ》に入れられたと聞いている。

「我が国を、恨んでいるのか？」

「藍華人の天遊様に、どうお答えすべきか」

「ここは誰も近づかない山の中。それも山小屋の地下室だ。どうか正直に」

非常食や毛布が並べられた空間を見渡した紳蘭は、天遊を信じて腹を決める。

本音を口にしようとすると胃の腑《ふ》が軋《きし》んで痛くなったが、彼の袖を摑むことで耐えた。

「正直なところ、恨んではいません。藍華帝国が大和を支配するに至ったのは、不甲斐ない政府を作りだしてしまった大和人の不始末からです。生まれる前の話なので知識としてしか知りませんが、経済の停滞により危機的状況にあったのですから、強者に踏み込まれるのも仕方のないことだったのでしょう。ただ、藍華を恨めないことで僕は何かに責め立てられているように感じてしまう。人として、これでいいのかと迷います」

包み隠さず想いを語ると、肩に触れていた天遊の手が離れる。

今口にした考えは、紳蘭自身にとっては自責の念を覚えざるを得ないものだが、藍華人にとって不快なものではないと思っていた。しかしそう思うのは自分だけで、もしや気に障ることを言ってしまったのかと不安になる。

「紳蘭、君はとても賢い子だ。それに、やはり華族なのだと俺は思う」

どうやら杞憂《きゆう》だったらしく、天遊はすぐに手を握ってきた。

肩に触れられていた時よりもしっかりと、肌と肌を合わせる。

「天遊様……」

「少々調べさせてもらったが、君の両親が反政府組織に資金提供を始めたきっかけは、大和総督藍王瑠《ランワンリウ》殿下が、帝宮の園遊会で帝に無礼を働いたことだそうだな」

「はい……たとえ政権は藍華帝国にあっても、帝は大和に於《お》ける現人神《あらひとがみ》として敬われるべき存在なのに、藍王瑠総督は慇懃《いんぎん》無礼な発言をして、帝に恥を掻《か》かせたと聞いています」

「君の両親はそれがどうしても許せず、政権奪還や、総督暗殺を計画していた反政府組織と接触し、私財をなげうって多額の資金提供をした。成功率は非常に低く、最悪の結末になることを覚悟のうえでやったとしか思えない状況だったと聞いている」

「その通りです」

「君は華族として帝のために命を張った両親の気持ちをよく理解していて、両親の死を悼む気持ちとは別に、その美しい覚悟を、恨みつらみで穢《けが》したくないと思っている。……これは俺の推測だが、最初に会った時からそんなふうに感じていた。歳のわりに諦念《ていねん》に満ちた君の目を見て、通じるものがあったからだ」

「通じるもの？」

天遊は紳蘭の手を握ったまま、こくりと大きく頷いた。

口角が上がることはなく、目尻《めじり》や眉尻が下がることもなかったが、黒い瞳は微笑んでいる時のように穏やかに見える。

「俺も、諦《あきら》めてばかりの人生を送ってきた」

「──っ、天遊様が？」

「ああ、こう見えて昔はいい子だったんだ。家の格式や親の事情も察していたし、無責任に反抗できる性格じゃなかった。だからどんなに酷いことが目の前で起きていても、すべては仕方のないこと……何があっても、それが各々《おのおの》の運命だと思うようにしていた」

「各々の、運命？」

「要するに見て見ぬ振りをしていたということだ。しかし、人生には転機が訪れるものだ。誰にでも必ずそういう時はあると思っている」

「――はい」

「俺の転機は、ある少年と出会った時だった。本当に衝撃を受けたんだ。若年ながらに彼の生き様は眩《まぶ》しかった。心には自由があり、胸の内に孕《はら》んだ悪念を己の力で打ち払い、幸福を真っ直ぐ見つめて生きる強さがあった。彼のそういうところに惹かれ、憧《あこが》れを持った俺は、自分も思うままに幸福を得たいと思った。本当の俺は人形じゃない……もっと面白く生きていきたい。やりたいことが色々ある。そういう気持ちが膨れ上がって、少しだけ悪いこともできるようになった」

次第に目を輝かせていく天遊は、紳蘭の瞳を見ながらもう一度頷く。

非常に立派な青年でありながら夢を見つけた少年の如き煌めきを持つ彼の表情は、他人の影響など受けそうにないほど眩しい。それでも誰かの影響を受け、その結果今があるなら、紳蘭もまた彼によって変わりたいと思った。

「元華族として生きてきた君には、君なりの捉え方がある。君の胸には君だけが知っているご両親の生き様がある。他人が何を言おうと、そんなことは関係ない。恨みの念を滾《たぎ》らせていないからといって薄情なわけではなく、君にしかわからない事情があるだけだ。誰も君を責めることはできず、雷だってただ単に放電現象を起こしているにすぎない。過去のことは過去の立場で受け止めて胸にしまい、これからの人生を考えるんだ。才能と幸運に恵まれた君は、この国で新しい戸籍を得た。過去のしがらみに囚われず、胸を張って、宋紳蘭として大きく羽ばたく自由がある」

戸籍という翼を与えてくれた男の言葉に、紳蘭は大きく頷き返した。

自分の中に存在しながらも、混沌《こんとん》としていて形を成していなかった蟠《わだかま》りが一つにまとまり、胸の奥にすとんと収まりよく片づいた気がする。

「ありがとう、ございます」

見つめていると、気持ちが高まっていく。

手を握り続けてほしくて、自分からも指を絡めた。

天遊の瞳に映るのが気恥ずかしくなり、視線を落とすと唇に目が留まる。

均整の取れた大きさと形で、とても男らしい。見るからに弾力がありそうだった。

生まれながらに赤みが強い紳蘭の唇とは対照的に、天遊の唇は、頬より少し色づいている程度だ。実際はどうなのかわからないが、少し硬い印象を受ける。

紳蘭は天遊の唇を見つめながら、触れた時の感触を想像した。

まずは触りたい。そして口づけたいという衝動が起きる。

「天遊様……」

恋に落ちる瞬間というものを、明確に感じた。

口づけがしたいと思ったなら、それは恋の始まりだ。

「そんな目で見つめられると、吸い込まれそうだ」

「……す、吸い込めるなら、吸い込みたい、くらいです」

「可愛い顔をして色っぽいことを言わないでくれ。過去のしがらみから解き放たれた君は清《すが》清《すが》しくて、あまりにも清らかすぎて……ついよからぬことを想像してしまうのに」

「よからぬことって、どんなことですか？」

「悪い大人がすることだ」

口端を上げた天遊は、頬に手を伸ばしてくる。

頭を撫でた時とは明らかに違う手つきで触れられると、ますます胸が高鳴った。

紳蘭は秘め事には詳しくないが、その半面、多情な男心には理解がある。

父母は仲がよかったが、しかし父には妾《めかけ》が三人いて、そのうち一人は同じ敷地内で暮らし、紳蘭の母とも懇意にしていた。外で暮らす妾のうち一人は、美しい青年だったという。

紳蘭の感覚では、男は複数の相手を愛したり、男女両方を愛したりできる生き物だ。

それが許される世界で生きてきた紳蘭にとって、天遊の妻子の存在はさほど問題にはならなかった。この人と口づけができる仲になれたら、どれほどよいかと思うだけだ。

「そんな悩ましい顔をして、いけない子だな」

「キスを、してほしくて」

天遊の艶っぽい表情に惹かれるまま、紳蘭は願望を率直に口にする。

自らの発言に顔が燃えそうで、本当に自分の口から出た言葉なのかと疑いたくなった。

しかし間違いなく言ったのだ。舌にも耳にも余韻が残っている。

「精通も迎えていない子に？」

「いけないことですか？」

「いけないとも」

そう言いながらも、天遊は身を屈《かが》めた。

ベッドの上に横並びで座りながら、紳蘭の唇を啄《ついば》む。

音もしないほど軽く静かなキスだったが、間違いなく触れていた。

「目を閉じて」

「……は、ぃ」

頰で彼の息を感じる。唇が離れても、顔はまだ近い。

言われるまま瞼を閉じると、もう一度唇が触れ合った。

今度は一瞬ではなく、軽くもない。想像していた彼の唇の感触を知ることができた。

表面はそれなりに柔らかいが、押し当てられると強い弾力を感じる。

「ん、ぅ……っ」

どうやって息をしたらいいんだろうと考えだした途端に、舌が入り込んできた。

そういう接吻《せっぷん》があることは知っていたが、しかし今は想像していなかった。

唇だけではなく舌と舌が触れ合って、口内に元々あった唾液とは微妙に温度の違う唾液《だえき》が流れ込んでくる。舌には生姜蜂蜜茶の味が仄《ほの》かに残っていて、刺激と甘さの両方を感じた。

「ふ、ぅ……っ」

「――ッ」

天遊が顔を斜めに向けた隙《すき》に息を吸い込むと、腰をぐっと引き寄せられる。

さらに流れ込んでくる唾液は、以前一口だけ飲んだワインのように作用し、瞬く間に血の巡りをよくした。特に胸が熱くなり、心臓がドクンドクンと異常なほど鳴っている。

「く、ふ……ぅ」

腰に当たっていた天遊の手が、少しずつ動いていた。

尻を撫でられているわけではないものの、腰の窪《くぼ》みから背骨にかけて何度も撫でられると、性的な愛撫《あいぶ》だと確信できる。腰から脚の間に伝わる何かがあった。痺《しび》れるような……或いは疼《うず》くような、普段は起きない現象が起きる。

「あ……ッ!」

下腹に違和感を覚えた紳蘭は、食《は》まれた唇から声を漏らした。

嬌声《きょうせい》に等しい声の半分は、天遊の喉に吸収される。性器が心臓のように脈打つのがわかる。

脚の間が熱くなり、下着を押し上げていた。

「ん、ぅ、っ」

口づけをされながら、今度は胸に触れられた。

何もない平らな胸はつまらないように思われるが、しかし彼の手は的確に乳首を探り当て、シャツの上から撫でてくる。

「ゃ……あぁ……！」

唇を解放されるなり、紳蘭は大きく喘《あえ》いだ。

ベッドに押し倒されると、閉じていた瞼が開いてしまう。

自分の上に覆い被さる天遊は、雄の顔をしていた。

これまで見てきた彼とは違い、自分に向けてくる熱っぽい欲望が見て取れる。

「俺は悪い大人だな。この手で精通を迎えさせたくなってきた」

一つに結ばれた髪が、ゆらりと揺れた。

照明が点《つ》いたままであることが恥ずかしかったが、この行為が中断されるのをどうしても避けたかった紳蘭は、「お願いします」とだけ言う。明るいままでもいい、恥ずかしくてもいいから、彼ともっとこうしていたかった。体のどこかをくっつけたり、唇を重ねたり舌を絡め合ったり、他の人とはしないことをしてみたい。

「気持ちのいいことだけにするから、安心していろ」

天遊はそう言って、紳蘭のシャツの釦《ボタン》を手際よく外した。

露《あら》わになった乳首は、彼に触れられたほうだけぷっくりと膨らんで見える。

しかし驚くべきはもう片方の乳首で、触れられてもいないのにわずかに膨らみ、触ってと強請《ねだ》るようにひくついていた。

「可愛い乳首だ。先程見た桜のようだな……それも、特に色づいた桜だ」

「や、ぁ……っ」

天遊の唇が腫《は》れた乳首に触れ、尖《とが》りを挟む。唇の間から現れた舌が、ちろちろと動いて乳首の色を変えていった。最早桜色とは言えないほど色づいたそれは、性感帯として目覚めの時を迎える。脚の間にある未成熟な雄に影響を及ぼし、精通の瞬間を促していた。

「ふ、ぁ……ぁ」

紳蘭はベッドの上で背中を反らせ、身をよじる。

逃げる気などないのに、初めての快楽に腰が引けていた。

むしろもっとこうしていたい気持ちを裏切り、体が勝手に逃げてしまう。

「あ、ぁ……」

「――ッ、ン」

紳蘭の身じろぎは興を削《そ》ぐものではなかったらしく、天遊はより濃厚な愛撫を続けた。

物欲しげなもう片方の乳首に吸いつくなり、紳蘭が穿《は》いていた脚衣を脱がし始める。

「は……ぅ……！」

下着の中に手を入れられると、快感のあまり手足がじたばたと彷徨《さまよ》った。

自分の四肢《しし》の行方がわからなくなり、条件反射にすべてを任せる体《てい》になる。

「あ、ぁ……や、ぁ……」

ポッと小さな音を立て、天遊の唇が胸から離れた。

それだけで淋しく感じたが、彼はすぐに戻ってくる。

天遊の頬や耳が鳩尾《みぞおち》に当たり、少しひんやりとした。

それらは紳蘭の柔らかな腹部を押しながら、臍《へそ》に向かって滑っていく。

「あ……いけません、そんな所……っ、汚い」

もうあまり我慢の利かない性器に、唇が到達した。

震える先端に口づけられ、ぺろりと舐められる。

「汚くなどない。形も色もとても綺麗だ」

チュッチュッと接吻を繰り返す天遊の息は、頬や耳以上に冷たく感じられた。

実際にはそれなりに熱い吐息だろうに、滾る紳蘭の性器はあまりにも熱く、他のすべてを凌駕《りょうが》するほど燃えている。

「――ッ、ン……」

「や、ぁ……そんな、こと……あ、ぁ……！」

濡れた口腔《こうこう》にじゅぷりと迎えられ、紳蘭はさらに大きく身じろいだ。

肌や息は冷たいくらいに感じたのに、口の中はとても熱い。

「ん、ぅ……ぁ……」

舌や唇で刺激される快感に、正気の芯《しん》が溶けそうだった。

まだ精通を迎えていない紳蘭の体は、初めての体験に打ち震える。

これまで、性器を洗う際に気持ちがいいと感じることはあり、勃起《ぼっき》した経験もあった。

けれどもその先が怖くて、必要以上に触れることはなかったのだ。

こんな過度の快楽は想像の範疇《はんちゅう》になく、迫り来るものが恐ろしい。

「あ、ぁ、あ——ッ！」

恐れていても絶頂はやって来て、雷に打たれたように全身が痺れた。

四肢がびくんっと浮き上がる。

乗馬靴の重みを足に感じながらも、宙を舞う錯覚を覚えた。

意識が一瞬現実を離れ、濡れそぼつ桜の山が眼前に現れる。

花弁は重たげに垂れながら揺れていた。雨ではなく、ねっとりとした物に塗れている。

透明な蜜に似た物をぽたぽたと垂らし、可憐《かれん》な姿で淫靡《いんび》に光った。

「……ぅ、あ……ぁ」

「紳蘭、大丈夫か？」

精を放った自覚もろくろくないまま、紳蘭は官能に酔いしれる。

心配そうな声に耳を擽《くすぐ》られたが、今はまだ桜色の夢の中にいたかった。

この甘い世界で、身も心もふわふわと浮いていたい。目覚めたらきっと恥ずかしくて顔も合わせられなくなるから、もうしばらくこのままで――。

「天遊様……」

希望に反して瞼が上がってしまい、口からは勝手に彼の名が零れる。

ほっとした様子の天遊が、こちらの顔を覗きながら朗笑していた。

彼の唇は少し光っていて、直前までの行為を物語っている。

恥じらいなく昂る性器を晒して舐められた挙げ句に、放った物を飲まれたのだと思うと、
やはり恥ずかしくて逃げ隠れしたくなった。

せめて顔だけでも……と思った紳蘭は、ベッドの上にあった毛布を引き寄せる。

羞恥《しゅうち》で茹《ゆ》で上がった顔を埋《うず》めようとしたが、途中で止められてしまった。

隠れる自由は与えられず、それどころか至近距離でじっと見つめられる。

「紳蘭、これで大人の仲間入りだ。お前の初めての瞬間に立ち会ったうえに、これほどまで
愛らしい艶態《えんたい》を眺めながら甘露な蜜を啜《すす》れるとは、なんて光栄なことだろう」

「……は、恥ずかしいです」

「恥ずかしがることはない。誰でも通る道程《みちのり》だ。お前の人生に一度しかない瞬間を見届けることができて本当に嬉しい。このまま何もかも、お前のすべてが欲しくなってしまうほどに、俺は欲に揺さぶられている」

これまでは紳蘭を「君」と呼んでいた天遊は、初めて「お前」と呼んだ。

逆賊遺子が集まる特殊孤児院に入所した時、年上の……いわゆるガキ大将にそう呼ばれた時はたまらなく不愉快だったのに、天遊に呼ばれると胸が高鳴る。

紳蘭という名が自分のものに成りきっていないせいか、そう呼ばれるより、「お前」と、自分の所有物のように気安く呼ばれるほうが嬉しかった。

これまで通りの「君」では、遠く感じて淋しい。

「紳蘭」

「はい、天遊様」

いつの間にか脚衣を穿かされていた紳蘭は、返事をしながら天遊の指先を追う。

彼は紳蘭のシャツの釦を一つ一つ嵌めて、「驚かせて悪かったな」と謝ってきた。

「どうか、謝らないでください」

天遊は股間《こかん》を張り詰めさせているものの、それをどうこうする気はないらしい。

射精をこらえられなかった紳蘭には、彼の身が心配だった。

涼しい顔をしているが、実は随分と我慢をしているのではないだろうか。

それとも色事に長けた大人の男には、これくらい我慢できて当然なのだろうか。

「寒くないか？」

背中に触れられた紳蘭は、答える間もなくベッドから抱き起こされた。

寒くはなかったが、「寒いです」と嘘をついて抱き締められたくなる。

しかしそう言いかけたところで、履いたままの乗馬靴が目に入った。

自分のことで頭がいっぱいだったが、馬繋場《ばけいじょう》に馬を残したままだ。

一頭は天遊が可愛がっている愛馬で、もう一頭は神経質だと聞いている。

今頃二頭は雷に怯え、主が戻ってくるのを今か今かと待ち侘《わ》びているかもしれない。

「寒くは、ないです。上に戻らないと馬が心配ですね」

「ああ、そうだな」

天遊は微笑みながら答えると、紳蘭の横に座って深呼吸を繰り返した。

真紅の脚衣を張り詰めさせている物を鎮めようとしているのがわかり、紳蘭はそわそわと落ち着かなくなる。

性器を撫でられたり舐められたりすることがあんなに気持ちのよい行為だと知った以上、お返しに何かするべきではないかと思った。そもそも彼には世話になりっ放しで、期待通り歌劇団に入ること以外に、何かお返しができればと思っていたのだ。

「あの、僕も何か……したら、喜んでくださいますか？」

天遊に尽くしたいが、その一方で浅ましいと思われるのは怖くて、勝手はできなかった。

あくまでも伺いを立てる形を取ると、彼は前屈みになりながらくすくすと笑いだす。

「天遊様？」

「ああ、すまない……可愛くてつい」

「おかしなことを言ったでしょうか？」

「君は本当に清らかで可愛いな。男を喜ばそうなんて考えずに、今は自分が気持ちよくなる方法だけを考えていればいい。相手のことまで気を回すのは、純潔を失ってからで十分だ」

「は、はい」

紳蘭は自分の考えが間違っていたことを知り、これまでとは違う羞恥に頬を赤らめる。

大和では、未婚の女性は処女であることや初心《うぶ》であることが重要とされていたが、大和であれ藍華であれ、対象が男であれ、そういった価値観は変わらないのだ。

また「君」と呼ばれ、どうしたらもっと距離を詰められるか考えてしまうが、そう思える人に出会えただけでも、十分幸せなのだと気づかされる。つい先日まで、自分は死ぬ覚悟を決めていたのだ。誰にも救いなど求めていなかったし、期待もしていなかった。

近づきたい人も、触れたい人もいなかったから——。

「はしたないことを言って、申し訳ありません」

「謝ることはない。気持ちはとても嬉しい。そういう顔をしているだろう？」

天遊はあえて笑うような真似《まね》はせず、これまで通りの表情を紳蘭に見せてくる。

それは紛れもなく笑顔であり、幸福が滲《にじ》みでていた。

「どんな顔かな？　遠慮なく言ってくれ」

「……とても、嬉しそうなお顔に見えます」

「ほら、やっぱり」と、珍しく放笑した天遊は、次の瞬間には男の艶色を取り戻し、紳蘭の頬に手を伸ばす。まだあどけなさの残る頬を掌で揺らして、そのまま髪を梳《す》いた。

「紳蘭……お前をこの手で穢したいが、惜しくもある。手を出したあとに言うのもなんだが、尊い純潔を大事に大事に取っておいて、お互いが繋がりたくてたまらないと思った時に……そう、こんな場所で勢い任せにするのではなく、本当に気持ちが膨れ上がった時に、最上の寝台の上で抱かせてくれ」

「天遊様……」

恋に落ちた紳蘭にとって、それは夢心地になるほど嬉しい言葉だった。

唇が迫ってくるのがわかり、そっと目を閉じる。

柔らかな感触のあとに、熱っぽい弾力がやってきた。

好きだと言われたわけではなかったが、優しさと愛着が伝わる。

自分はいつか彼の物になるのだと——なりたいのだと、わかっただけで幸せだった。

4

遠乗りに行った日から先、天遊はほとんど日を空けずに通ってきた。任務の都合で、顔を出すだけで帰る時もあれば、来られない日もあったが、天遊がいない時は白虎の虎空が懐いてくるので、紳蘭はそれほど淋しさを感じずに済んだ。

あれから数えきれないほど口づけを交わしているものの、彼は紳蘭を抱こうとはしない。けれども股間を昂らせていることは間々あり、そんな時、瞳には欲望の炎が揺れていた。

——初めてお会いした日から、今日で三週間。

終わりかけの夜桜を眺めながら、紳蘭は縁側で天遊を持つ。

今夜は宮廷歌劇団の西華苑劇場に行く予定のため、彼が誂《あつら》えてくれた長袍《チャンパオ》を着ていた。あまり目立つのも心配だという理由から黒い長袍に決まったが、全体に銀色の蘭の刺繍が施されており、とても贅沢《ぜいたく》な品だ。

「いつも大切にしてもらって、僕は幸せですね」

寝そべっている虎空に話しかけると、「そうだね」と答えるように「グゥ」っと鳴いた。

体が大きいのはもちろん、目も耳も鼻も牙も大きく、寝起きに顔を覗き込まれると悲鳴を上げそうになるが、虎空は人懐こく優しい虎だ。

天遊が纏う香が虎空にも移っているため、紳蘭は虎空の体に顔を埋めるのが好きだった。特に腹毛は柔らかく、撫でると猫のように身を伸ばして喜ぶ。

うっかりすると「もっと、もっと」と、両手が疲れるまでせがまれた。

天遊や側近の黎樹から聞いた話によると、虎空は女性と子供と犬が苦手らしい。

黎樹の意見では、「女性や子供は、成人男性と比べて気分に波がありますから」とのことだった。動物が精神的に安定した大人の男性を好むのは、よく聞く話だ。

おそらく黎樹の言う通りなのだろうが、天遊は首を横に振り、「紳蘭は大人じゃないが、すぐ懐いた。虎空は人の心を見抜いているんだ」と主張した。

天遊が虎空をこの屋敷で飼い、本宅に連れていかないのは、冷血な妻が動物を嫌っているせいだという。子供のことは可愛いと語る半面、奥方の話になると顔から笑みが消えた。

妻子の存在がまったく気にならないと言えば嘘になるが、天遊が事あるごとに、「妻とは会っていない」と、自分に対して話してくれることが、紳蘭にはとりわけ嬉しかった。

好きだと告げられたわけではないものの、その言いわけは特別な情の証《あか》しに思える。

釣り糸のように胸に落ちてきて、「だから安心して俺の物になれ」と、恋心をぐいぐいと引き上げられた。

「好きだと言ってほしいです。さあ、言ってみて」

虎空の銀毛交じりの白い毛の上には、無数の桜の花びらが載っている。

彼が動くたびに落ちたり舞い上がったりするので、縁側には虎の体を縁取るようにピンク色の花溜《だ》まりができていた。

好きだと言ってと頼んだところで、虎空は相変わらず「グゥ」としか言ってくれないが、自分はそろそろ言ってしまおうと思っている。

いまさらではあるが、「貴方《あなた》が好きです」と告白して、天遊の物になりたい。

——今日は誕生日だし、女性なら結婚できる歳になったから。

あれから何度、天遊を想って体を火照《ほて》らせたことだろう。

今こうしている間ですら危険だった。虎空の毛皮の匂《にお》いを嗅《か》いだり、寄り添って温もりを感じたりしていると、抱き締められる悦びを思いだしてしまう。

けれども彼が好んでいるのは清い身の自分であろうと思い、自ら弄《まさぐ》ったりはしなかった。独りで大人になったり、勝手に穢れたりしてはいけない。彼の手で開かれ、教えられ、彼好みの愛妾になりたいのだ。

「あ、虎空……っ」

体重の多くを預けていた虎空がいきなり立ち上がり、紳蘭は驚いて縁側に手をつく。

顔を上げると、門に向かって一目散に駆けていく虎空の後ろ姿が見えた。

虎空が従順な犬のように迎えるのは、主《あるじ》である天遊が来た時だけだ。

虎空は本当に天遊が好きで、彼の訪れに気づく速さでは、紳蘭に勝ち目はなかった。

「天遊様、お早いお着きでしたね」

「お前に会いたくて車を急がせた」

真紅の軍服姿の彼は、舞い散る桜の中を歩いてくる。

三週間前にこの庭で初めて会った時は、桜はまだ三分咲きだった。

思えばあの時から心惹かれていたのだろうが、こんなふうに恋をするとは思っておらず、自分の変化がこそばゆい。

天遊は今夜も黄金のオーラを漂わせ、散り急ぐ桜も、満開の時のように膨らかに見える。

彼はあの時と変わらず、ただ自分の心が違うのだ。淋しさも不安もなくなり、夢と幸福に満ちている。

「蘭の刺繍の黒い長袍、本当によく似合う。我ながらいい見立てだったな」

「ありがとうございます。長袍は初めてでしたが、美しいうえにとても着心地がよくて……正装なのに苦しくないところもいいですね」

「大和の正装は肩が凝るか？」

「はい、少し」

天遊は懐く虎空の頭を撫でながら、紳蘭の前までやって来る。

軍服の衣嚢《いのう》を探ると、白い箱を取りだした。繻子張りの物で、縁に真珠が連なっている。

「紳蘭、誕生日おめでとう」

「……っ、僕の誕生日、ご存じだったんですか？」

「もちろんだ。これを受け取ってほしい」

紳蘭は桜溜まりから立ち上がっていたが、天遊は「座って」と促して自身も腰掛けた。

大和建築とは違って地面よりもだいぶ高い位置にある縁側に、二人で並ぶ。

天遊は白く小さな箱を紳蘭に向けながら、それをゆっくりと開いた。

中に入っていたのは黄金の腕輪だ。全体に龍が彫ってあり、三種の真珠がついている。

白真珠、金真珠、黒真珠がバランスよく配され、溜め息が零れるほど美しい品だった。

「天遊様……このような素晴らしい物を、僕に？」

「ああ、できればいつも身に着けていてくれ。服に合わない時でも、懐に入れて持ち歩いてくれたら嬉しい。何しろこれには、お前を守るための仕掛けがある」

天遊は腕輪を摘まむと、龍の尾のあたりを指差した。

仕掛けがあるといわれてもわからなかったが、確かにその部分だけ表面が黒光りしており、一見するとオニキスでも埋め込まれているように見える。

「この腕輪は単なる装飾品ではなく、発信機能がついている。この黒い部分から太陽の光を取り込んで、半永久的に信号を送り続ける仕様だ」

「つまり、発信機ということですか？」

「ああ、この西華苑を含む城下は治安がいいが、生憎、藍華自体は安全な国とはいえない。

お前は美しいし、ここに囲っている今でさえ心配が尽きないんだ。虎空には、『くれぐれも紳蘭を頼む』と言い聞かせているが、虎空は屋敷の外には出られないからな」

「天遊様、そんなに心配してくださっていたんですね」

「もちろんだ。自由に買い物に出ていいなどと言ってしまったが、万が一攫《さら》われたらどうしようかと、不安で落ち着かない日々を送っている。居所を知られるのは不快かもしれないが、安全のためにできるだけ身に着けていてほしい」

異存などあるはずもなく、紳蘭は即座に「はい」と答える。

天遊の手で嵌めてもらった腕輪が、虎空の首輪のように思えた。

悪い意味ではなく、天遊にとって愛すべき存在として、彼の物になれた気がする。

「よく似合う。とても綺麗だ」

「ありがとうございます。龍の模様は、縁起物ですね？」

「そうだ。龍と三種の真珠は特に縁起がよく、藍華では大成を意味する。宋紳蘭の名が宮廷歌劇団の星歌手として藍華中に轟くようにと思ったが、正直迷うな」

「――迷う？」

「このままお前を誰にも見せずに、囲っておきたくなる」

腕輪を嵌めたほうの手を握られながら、紳蘭はまたしても即座に返事をしたくなる。

天遊が望むなら星歌手を目指そうと思い、日々レッスンに励んでいるが、そうなるよりも彼と共にいられるほうがいい。より長く一緒にいられるなら、歌手になどならずに、天遊の愛妾としてこのまま囲われていたかった。

十一歳まで裕福な名家の御曹司として育った紳蘭にとって、今の年齢で職業を持つことはあまり現実味がない。好ましい主である天遊に従い、愛妾としてこの屋敷で彼を待っていることのほうが合っているように感じられた。何よりもできるだけ長く彼と一緒にいたくて、それが叶うならあとはどうでもいいとさえ思える。

「……っ、ん……ぅ」

天遊様、どうかこのまま僕を囲ってください――紳蘭は身を乗りだして訴えようとしたが、それを許さぬ勢いで唇を塞《ふさ》がれた。

一瞬は驚くものの、割り込んできた舌をすぐさま迎え入れる。

「ふ、ぅ……ん、ん」

もう何度も口づけを交わしている仲だというのに、こうして唇を重ねるたびに胸がきつく締めつけられて、寿命が縮まりそうな心地だった。

嬉しいのに苦しいと感じ、舌の絡め方も呼吸の仕方もわからなくなってしまう。

落ち着けば必ずできるはずだったが、気持ちが昂りすぎて上手くいかない。

紳蘭は「ん、んっ」と甘い声を漏らしながら、必死に天遊の舌を追う。

観劇のために用意してもらった長袍を、このまま脱がされたいと切に思った。

しかし天遊の手は動く気配がなく、紳蘭の手首を握ったまま固まっている。

せめて肩や背中を抱き締めてほしかったが、愛撫と呼べるような抱擁は得られなかった。

やがて口づけが終わり、細い糸を引きながら唇が離れても、その糸がぷつりと切れても、天遊は一向に動こうとしない。

「――天遊様？」

口づけのあとだというのに、彼は厳しい顔をしていた。

瞳や唇には艶っぽい光が残るものの、凛々《りり》しい眉を寄せている。

「紳蘭……俺は、お前の声に惚れ込んで、大和の妓楼にやるには惜しいと思った。我が国の人間となり、皇帝陛下を始め多くの人々を魅了させる星歌手として大成してほしいと願い、それは自分の耳を確かめるという、俺自身の愉《たの》しみでもあった。以前にもそう話したな？」

「は、はい」

「俺はお前が好きだ。ここに囲い、俺だけの物にしたいと思っている」

「天遊様……っ」

ようやく欲しい言葉をもらい、紳蘭はすぐにでも「はい」と答えたかった。

しかし彼の表情を見ていると、間もなく「だが」と接続詞が放たれ、そのあとに望まぬ言葉が続くのを感じる。先回りして「囲ってください」と縋《すが》れるほど強気ではない紳蘭には、この嫌な予感が当たりませんようにと祈って待つより他なかった。

「――だが、お前の才能の芽を摘み取るのは気が引ける」

「そんなことは……」

「教師達が口を揃《そろ》えて言っていた。歌はもちろんのこと、大和舞踊の素養があるお前は藍華舞踊の基礎も早々にマスターし、表現力も高く、何をさせても艶と華があると。そのうえ日増しに美しくなり、さぞや名高い星歌手になるであろうと、皆《みな》が言う。紳蘭……お前は俺の自慢であり、誇りだ。お前が俺に好意を寄せてくれることもあって、つい自分の物のように思ってしまうが、だからといって天から与えられた才能を摘み取る権利はない」

時に誇らしく、時に切なく語る天遊に、紳蘭は首を横に振ってみせる。

天遊の期待に応《こた》えたくて懸命にレッスンに励んだ結果、彼の傍《そば》にいられる可能性を逸してしまったなら、それはあまりにも悲しい。元々歌うことやオペラや演劇鑑賞が好きで、舞うことも演じることも楽しかったが、それより何より彼に愛されたいのだ。愛妾として囲って、許される範囲で会いにきてほしい。好きだと言って抱き締めてほしい。

「天遊様、貴方がいなかったら僕は……今頃この世にはいませんでした。大和妓楼で下卑《げび》た男に春を鬻ぐくらいなら、死んだほうがましだと思っていましたから」

「紳蘭……」

「そんな僕に才能があるとして、それを天遊様が摘み取って何がいけないというのでしょう。僕を生かすも殺すも貴方の自由。宋紳蘭という人間は、貴方が生んでくださったものです」

紳蘭は天遊の手を握り返し、迷いに揺れる彼の瞳を見つめる。

心が天秤《てんびん》のように揺れているなら、独占欲の錘《おもし》を欲望の皿に積み上げたい。

たとえわずかでも理性の皿に負けぬように、唇を甘く開いて誘惑する。

「紳蘭、まずは観劇に行こう。今夜、予定通り西華苑劇場に行くんだ」

天秤は水平に保たれたか、それとも望まぬほうへと振りきったのか。

天遊は紳蘭の唇から目を逸《そ》らし、立ち上がる。

「天遊様……」

「進む道を一つに決めるには、お前は幼すぎる。宋紳蘭を生んだのは俺だと言うが、生みの親なら子を殺していいわけではない。俺は我が子を自分の意のままにする親が嫌いだ。子は親の人形ではないし、人は狭い場所に囲われて生きるものではない。多くのものを見て、大勢の人間と触れ合い、たくさんの選択肢から心惹かれるものを選ぶべきだ」

「僕は誰の人形でもありません。自分の意志で貴方と一緒にいたいんです」

「ありがとう。だがそれを決めるのは、もっと見聞を広めてからにしてくれ。俺は、鳥籠《とりかご》の中の金の卵に選ばれるのではなく、天空を舞う金糸雀《カナリア》に選ばれたい」

天遊の言葉は残酷で、「今のお前に俺を選ぶ資格はない」と言っているのも同然だった。

恋に浮かれた世間知らずな子供を一旦突き放し、歌手志望者として再び奮起させるための言葉なのかもしれないが、今の紳蘭には拒絶と取れる。酷く悲しくて涙が零れそうだった。

「紳蘭、お前が好きだ。本当は欲しくてたまらない」

「天遊様……本当に？　本当ですか？」

「本当だ。それだけは忘れないでくれ」

彼に手を引かれた紳蘭は、縁側から庭へと下りる。

天遊の言動によって浮いたり沈んだりと忙しい心を持て余すうちに、突然跪《ひざまず》かれた。

「天遊様……っ」

桜色の地面に膝をついた彼が、手の甲に恭《うやうや》しく口づけてくる。

まるで西洋の姫君のような扱いに、恋の眩暈《めまい》を覚えた。


天遊の愛情を信じてどうにか気を取り直した紳蘭は、彼と共に劇場を訪れる。

宮廷歌劇団の西華苑劇場には、貴族や官士のためのゲートと平民のためのゲートがあり、ラウンジも分かれていた。身分の高い者は二階以上の桟敷《さじき》席を使うため、平民とは最初から最後まで接することがない。

西華苑に入れるということは、平民とはいえある程度の資産を持つ富裕層に違いないが、それでも貴族や官士とは格差があった。尤も同じ演目を客席に座って楽しむという点では平等であり、天遊曰《いわ》く、藍華では革新的なことだという。

以前はこういった劇場での演目はすべて貴族や官士のためのもので、平民は移動テントで催される芝居や曲芸、古い映画を楽しむのが精々だった。

裕福な平民はテレビを所有しているが、藍華では情報規制が厳しいうえに舞台至上主義であり、芸術や娯楽は身分ある者のためだけに存在すると言っても過言ではないのだ。

「やはり注目の的だな。自慢したいが、隠したい。どちらも本音だ」

真紅の軍服姿で軍帽を小脇《こわき》に抱える天遊と、黒い長袍姿の紳蘭は、ラウンジにいた人々の視線を網のように根こそぎ絡めて放さない。捕らえる気は毛頭なくても、自然とそうなってしまった。

居合わせた人々の多くは天遊のことを知っていて、紳蘭に関しては誰も知らず、「なんて美しい少年だ」「否、あれは男装の少女だろう」「宋天遊副隊長の想い人か?」「いやいや、軍規では同性愛は厳禁だ。あえて男装させるわけがない」と、藍華語で噂《うわさ》話をしていた。

藍華人は自己主張が激しく声が大きい人が多いため、大抵は聞き取れる。

「藍華軍では同性愛が禁じられているんですか?」

屋敷の外では藍華語を使うよう言われていた紳蘭は、天遊に藍華語で訊いてみる。

耳に入った噂話の一つが、どうにも聞き捨てならなかった。

「正確には、軍隊内部での関係が禁止されているだけだ。それすら形骸《けいがい》化された規則だが、『軍人は同性愛禁止』と捉えている者も多く、発覚すると批判される風潮は確かにある」

「そうでしたか……こんなに人の多い華やかな場所で僕と一緒にいて勘違いされて、面倒なことになったりはしませんか？」

内心、勘違いではないと信じつつも訊いた紳蘭に、天遊は苦笑してみせた。

隣に立ったまま唇を耳に近づけてきて、「勘違いではなく、見抜かれると言ったほうが正しいな」と、紳蘭の望む言葉をくれる。

「——いずれにしても面倒なことにはならない。大っぴらにここでキスでもしようものならどうなるかわからないが、寝台の中でこっそり何をしようとお咎《とが》めなしだ」

「寝台の、中で……」

「そう、寝台の中で」

天遊の言葉に、紳蘭はぽうっと頬を赤くした。

それを見て悪戯《いたずら》っぽい表情を浮かべた天遊は、早々に桟敷席へと向かう。

彼に話しかけようとしている人々が大勢いたにもかかわらず、気づいていない振りを決め込んでいるようだった。

天遊が話しかけられる時は自分も何かしら話さなければならない可能性が高く、紳蘭は、劇場や街中で誰かに話しかけられた場合の挨拶や、偽の出自の説明を予め用意していたが、今のところそれらを口にする機会はない。

「こういう場所に来ても臆さないところはさすがだな」

二人掛けの桟敷席に着くと、天遊が感心した様子で言った。

この西華苑劇場は大和最大の帝都劇場を上回る規模の劇場で、確かに贅を尽くしていると思ったが、しかしそのくらいで臆する紳蘭ではない。

両親が処刑された時点で財産を没収されたものの、元々は裕福な名家の御曹司だ。

大和の帝都劇場で歌劇やバレエを鑑賞したり、帝宮に参内して雅楽の舞台を観たり、自宅屋敷にオペラ歌手やオーケストラを呼んで誕生会を開いてもらったこともある。

「今夜の演目は古典ではなく、広く国中から公募した歌劇の新作だ。一年ほど前から何度も上演されているが、千秋楽を迎えるたびに再演のリクエストが殺到するほど人気が高い。脚本を書いたのも作曲したのも平民で、演じているのも平民出身の歌手ばかり。今回は陛下に気に入られている男性星歌手も二名出演しているが、やはり彼らも平民——この舞台には、努力と才能で道を切り開いた民の夢が詰まっている」

「民の夢……」

「そうだ。是非それに触れてみてくれ」

微笑む天遊の言葉に期待を高めた紳蘭は、程なくして開演のベルを聞く。

客席側の金装飾とシャンデリアの輝きが闇《やみ》に呑《の》まれ、朱殷《しゅあん》色の緞帳が上がり始めた。

重厚感のある緞帳は、楽団が奏でる音楽と共に上がりきり、舞台の上には後宮と思われるセットが現れる。

——あ……！

音楽が止むと同時に、一人の青年の歌声が響いた。

その声量と声の高さに、紳蘭はたちまち圧倒される。

これまで見てきたどんな歌手でも、彼ほどの声量を持ち合せてはいなかった。

成人したテノール歌手がファルセットを駆使して歌い上げる高音域ではあったが、美しく伸びやかな声が出ている。何より彼は、恋の切なさを見事に表現しており、揺れ動く感情を歌に乗せながらも、決して揺らぐことのない歌唱力を誇っていた。

——これが、星歌手……！

隣に座る天遊の顔を見ると、こくりと頷かれた。

あえて確認するまでもなく、紳蘭にはこの歌手が並みの歌い手ではないことがわかる。

彼が星歌手でよかったとすら思った。

もしもさらに上がいると言われたら、想像の域を超えすぎていて恐ろしい。そう思うほど魅力的な彼の歌声には、愛しい恋人と引き裂かれた男の悲哀がたっぷりと込められていた。

——女性歌手も……凄い……なんて声！

藍華帝国は、国土にして大和の二十五倍、人口は十倍——単純に考えれば、優れた人間が大和の十倍いる可能性を秘めている。十数億人の中から鎬《しのぎ》を削《けず》って舞台に上がる成功者が、素晴らしい才能を持ち、立派な劇場に負けないほど輝いているのは当然の話だった。

――僕なんて、全然……太刀《たち》打《う》ちできない。

大和で多くの人から褒めそやされ、天遊にも教師達にも歌唱力を褒められてきた紳蘭は、己の未熟さを思い知って愕然《がくぜん》とする。

ボーイソプラノ並みの高音域が容易に出せるという優位性はあるにしても、体格からして今歌っている男性歌手のような声量は望めない。そして女性がいる以上、声が高いだけでは武器にならないのだ。そうなると、いったい自分にどれほどの特色があるだろう。

――ああ……でも、あんなふうに……。

男性星歌手の力強く切ない歌声を聴いていると、胸が引き絞られ、情熱に火が点いた。

大和ではこれほど心揺さぶられる歌手に出会えなかったことを思うと、大和人として酷く悔しい気持ちになる。

自分もいつかあの舞台に立ち、あんなふうに歌って、観客を魅了することができたら――大和人だということを誰も知らなくても、紛れもなく大和人である自分の声で、藍華皇帝や貴族や官士、そして民を酔わすことができたら、それはどんなに誇らしいことだろう。

紳蘭が陶然と聴き入るうちに、舞台上の物語は進んでいった。

主人公は平民の貧しい青年だが、必死に学んで上級官士を目指しているという設定だ。

彼の努力は、恋仲にある裕福な娘と結婚し、彼女を幸せにするためのものだった。

しかし彼が上級官士になったと同時に、娘は皇帝に見初《みそ》められて後宮に入ってしまう。

青年は彼女に会いたいがために立場を利用し、様々な策略を練って後宮に忍び込んだ。ところが彼女は皇帝の子を宿しており、忍んできた男を保身のために衛兵に引き渡す。拷問《ごうもん》の末に処刑された男は大鷺《だいさぎ》として生まれ変わると、後宮の屋根に舞い下りた。彼女は大鷺に見つめられていることを責め苦と感じ、罪の意識に苛《さいな》まれるが……ある時、彼女が産んだ王女が池で溺《おぼ》れてしまう。

すると大鷺は迷いなく王女を助け、それにより力尽きて命を落とした。

斯《か》くして彼女は、大鷺となった男が自分を責めるために後宮に舞い降りたのではなく、見守ってくれていたことを知り、男の深い愛に胸を打たれる。後宮に於ける出世の野望を捨て、誠心誠意皇帝に仕えるようになった。

それにより皇帝は、彼女の美しさだけではなく心根に惹かれ、やがて皇太子が誕生する。結果として彼女は国母に上り詰めるが、死の間際まで皇帝を愛し、万人の幸福を願うよき妃であった――という、そんな物語だった。

演じているのは宮廷歌劇団の団員で、皇帝の前で演じることが前提の試上演であるため、皇帝を賛美する部分や、皇帝に逆らうと恐ろしい目に遭うという教訓が含まれてはいたが、民が観ても悲恋の中に救いを感じられる内容になっている。

――主人公の青年と、皇帝役の人が凄い……圧倒的だ。

紳蘭は終始背凭《せもた》れに頼ることなく、身を乗りだす勢いで歌劇にのめり込む。

そうして幕が下りた瞬間、割れんばかりの拍手の音に耳を劈《つんざ》かれた。

――凄い拍手が……会場が、観客が、一つになってる……！

大きな感動の前には、身分差による座席の違いなど無意味だった。

貴族や官士が占める桟敷席も、裕福な平民達で埋め尽くされた一階席も、すべてが一体となって盛大な拍手喝采《かっさい》を送っている。

ラウンジでは気取っていた貴族が、平民が作った話や平民の歌に夢中になり、興奮し、身分を忘れて手を叩《たた》き、称賛の声を上げているのだ。

たとえ夢のように短い間でも、今この瞬間は、星歌手こそが王者だった。

貴族達は高い所から拍手を送っているが、心は星歌手の奴隷だ。感動のあまり屈服して、素晴らしいものを見聞きした喜びに感謝の念すら覚えている。

「いい舞台だったな」

いつの間にか立っていた紳蘭は、長かった拍手を終えた。

両手が熱くてたまらない。叩きすぎて痛いくらいだ。

隣から聞こえてきた天遊の声に振り返ると、手巾《しゅきん》を渡される。

なんとなくそんな気がしていたが、顔中が涙で濡れていた。

物語への感動、星歌手の歌や演技への感動、素晴らしい音楽への感動。演出や衣装や舞台セットもすべて含めて、熱い感動を呼び起こす一つの芸術作品に心奪われる。

「これは試上演で、このあとさらに改良されていく。皇帝陛下の御前で演じる時はより完成されたものになるはずだ。これ以上なんて想像がつかないが、必ずよりよいものになる」

「――はい」

胸がいっぱいでそれしか言えなかった紳蘭は、素晴らしい舞台を観られてよかったという気持ちと、観てしまったことへの後悔の狭間《はざま》で揺れていた。

こんな世界があることを知らなければ、迷いなく天遊の愛妾となり、彼のためだけに歌いながら呑気《のんき》に囲われていられたのに……今の自分は、無謀にも舞台に立ちたくてたまらなくなっている。運よく名家に生まれただけで蝶《ちょう》よ花よと持て囃《はや》され、なんの努力もせずに称《たた》えられてきた空っぽの自分ではなく、名もなき一人の民として実力で勝負できたら、どんなにいいだろう。歌と舞踊と演技で人々を魅了し、熱い感動を生める存在になりたい。

そうなれば、一人の人間として満ちるのではないだろうか。見てくれだけの人形のような愛妾ではなく、実のある人間として天遊の恋人になりたい。

「もし、もしも僕が……歌劇団に入れたとして……」

アンコールが終わり、緞帳が下りてようやく拍手が止《や》む。

涙声で途中まで語った紳蘭は、手巾で瞼を押さえてから顔を上げた。

「それでも、天遊様の恋人になれますか？」

問うなり息が詰まり、堰《せき》を切ったように涙が溢《あふ》れる。

彼が是と答えてくれたとしても、歌劇団に入れば制約はあるだろう。

舞台に立つ人々がどれだけ練習を重ねているかは想像がつき、同じ藍華禁城の中で働いていても、天遊とは頻繁に会えなくなるかもしれない。少なくとも、西華苑の屋敷で囲われている身とは雲泥の差があるはずだ。

「誰もが憧れる星歌手の恋人を持てるのは、とても幸せなことだ」

天遊は苦笑めいた表情を浮かべたが、それでも確かに笑っていた。

紳蘭の手を握ると、「心配でたまらないが……」と続ける。

紳蘭にも迷いがないわけではない。心はゆらゆらと揺れている。

天遊もまた同じで、世間知らずな少年の可能性を潰《つぶ》してはいけないという理性を裏切り、本心では、屋敷に閉じ込めて自分だけの物にしたい――と思ってくれているのがわかる。

その想いは紳蘭が望んでいたものだ。今も変わらず、とても嬉しいものだ。

彼の想いに沿わない別の道に惹かれておきながらも、天遊の独占欲を求めてしまう。

どこにも放たず、掌中《しょうちゅう》に収めて執着してほしいと願っている。自由を望んでいるくせに、胸の内では束縛されたい。実に身勝手な考えだが、心の動きに嘘はつけなかった。

「紳蘭、いまさらみっともないと思うが、一つ頼みがある」

天遊は言葉通り言いにくそうな顔をすると、紳蘭の指の間に深く指を挟ませた。

「はい」と紳蘭が答えても、なかなか口を開かない。

観客席からは人が帰り始め、劇場全体がざわついていた。

二人は桟敷席で見つめ合い、立ったまま指ばかりを絡めていく。

人が減っても残熱はあった。紳蘭自身も、星歌手の歌声に胸を焦がされたままだ。

「お前が入団試験を受けるに当たり、俺は自分の耳を確かめたいから推薦はしないと言った。だがそれを訂正させてくれ。あくまでも俺の推薦という形で、試験を受けてほしい」

当初の考えを覆すことを面目なく思っている様子の天遊は、切実な顔で訴える。

彼が何故そんなことを言うのかわからなかった紳蘭は、目で問いながら説明を待った。

「街言《げんげん》のつもりはないが、俺は名門宗家の出身で、それなりの役職に就いている。お前なら推薦者などなくても合格するだろうが、俺が推薦すれば合格はより確実なものになるだろう。そういう意味で後押ししたいわけじゃないが……入団後にお前に手を出す不埒《ふらち》な輩《やから》がいなくなるよう、宋紳蘭が誰の物であるかを最初から示しておきたい」

「天遊様……」

「俺はとても愚かだった。これほど美しく才能ある者が推薦者もなく入団すれば、男も女も群がってくるのは目に見えているのに。そんな当たり前のことに考えがいかず、自己満足に『自分の耳を確かめたい』などと、馬鹿な提案をしてしまった」

時に迷いながら、時に早口なほどの勢いで語る天遊の想いに、紳蘭は胸を打たれる。

素晴らしい舞台にも劣らぬほど惹きつけられ、天遊と見つめ合いながら涙した。

最初がどうであれ、今こうして「俺の物だ」と、札をつけて送りだしたいと思ってくれているのなら、その気持ちだけで十分だ。訂正でもなんでも受け入れる。

こんなに優しい人に大事にされて、自分はなんて幸せなのだろう。

「正直なことを言えば、お前に誤解されたくなかったのもある」

「誤解、ですか？」

「ああ、才能のある少年を歌劇団に送り込み、陛下の御機嫌を取って出世に利用するような、野心家だと思われたくなかった。お前の才能に純粋に惚れ込み、己の利益とは無関係に支援するのだと信じてほしかった。それもあって俺は、『推薦はしない』と言ったんだ」

天遊の告白に、紳蘭は深く納得する。

初恋の少女に似ている紳蘭の支援をするにあたって、天遊には様々な意味で下心と取られたくない気持ちがあったのだろう。確かに、もしも最初から、「俺の推薦で入団試験を受け、星歌手になれ」などと言われていたら、自分は彼の出世のための手駒《てごま》なのでは……と疑っていたかもしれない。

「天遊様、僕を推薦してください。それによって実力以上の評価をされたとしても、舞台の上では通用しません。入団することよりも、そのあとのことが肝心なんだと思います。あの星歌手の方々のように、観客を感動させる力を発揮できるかどうか……それは推薦者の名や身分とは一切かかわりのないこと。そうですよね？」

「その通りだ。多少の優遇があったところで、舞台の上は実力の世界。観客は、歌手の後ろ盾になった貴族の名に拍手を送るわけじゃない」

宋天遊の物として、宮廷歌劇団に入団する。貞節を守り、彼との逢瀬を心待ちにしながら稽古《けいこ》に励み、いつか舞台に立って喝采を浴びる――そんな未来を夢見た紳蘭に、天遊は遣る瀬ない笑みを向けた。紳蘭が左手に嵌めている腕輪に触れ、龍の紋様を指先でなぞる。

「紳蘭、俺がお前と出会ってからまだ三週間しか経っていない。あまりにも気が早いうえに、こらえ性のない男だと思われそうだが、それでも言わせてくれ」

「はい」

「――お前を愛している」

天遊は朱殷色のカーテンの陰で膝をつき、身を低くして紳蘭を見上げた。

屋敷の庭でそうした時以上に恭しい態度で、手の甲に口づける。

「天遊様……っ」

熱気を失いつつある劇場で、紳蘭は彼の胸に飛び込む。

涙声になるあまり美しい声は出なかったが、「愛しています」と、何度も繰り返した。

抱き合う体は情熱に火照って、口づけを交わすとますます熱く燃え上がる。

命を絶たずに藍華に来てよかったと、紳蘭は心から思った。こうして愛も夢も手に入れて、真の意味で羽ばたくことができるのだから――。

5

紳蘭の誕生日から一月が経ち、宮廷歌劇団の入団試験が一週間後に迫っていた。

宋天遊の推薦があれば合格は確実と言われていたが、紳蘭が気を緩めることはなかった。むしろ彼の名を貶《おとし》めぬようにと、より力を入れてレッスンに励んでいる。

藍華語を完璧に話せるとはいえ母語ではないため、朝から藍華語の指導を受けて発音を見直したり、藍華人の振りをするにあたって必要になる一般常識や歴史、地理などを学んだり、藍華流の着付けや作法を習ったりと、毎日忙しくすごしていた。

発声練習はもちろん、童謡や民謡、流行歌を暗記し、歌い上げるレッスンも受けている。紳蘭は楽譜を読めるので初見で何を出題されても問題なかったが、時により楽譜も歌詞も渡されずに、有名な歌の題名だけを告げられて歌わされることがあるからだ。

そういった試験対策とは別に、試験とは無関係な藍華舞踊の稽古《けいこ》にも励んで、合格後に即戦力になれるよう演技指導も受けている。

そんな忙しい日々の中で、紳蘭が楽しみにしていたのは天遊との逢瀬《おうせ》と、西華苑劇場での観劇だった。天遊と一緒に行けるのが何よりだったが、彼は春の宮廷行事でとかく忙しく、黎樹と二人で行くことや、時には独りで行くこともある。

西華苑劇場では様々な演目が上演されるだけではなく、役者を決めるために同じ演目でも時により違う役者で試したり演出が変わったりと、何度観ても飽きることはなかった。

特に心に響いた歌は一度で憶え、楽譜に書き起こしてはピアノの前で朗々と弾き語る。

星歌手と比べて自分の声は高いばかりで力がないと自覚している紳蘭だったが、それでも挫《くじ》けることはなかった。

まだ薄く肺活量の足りない胸は、恋と夢の煌めきで目いっぱい膨らんでおり、紳蘭は今、これまでの人生でもっとも楽しく、生きる実感を得られる日々を送っている。

「そこの君、少々よろしいかな？」

西華苑劇場の桟敷席に向かう途中、紳蘭は中年の男に声をかけられた。

振り返る前の段階で、ある程度身分の高い男だと察しがついたが、実際に姿を目にするとはっとさせられる。

声の通りの年齢に見える男が着ていたのは、宮廷に仕える上級官士が着る長袍だ。

藍華には複数の禁色《きんじき》があり、洋装では許されても、正装である長袍の場合は着用を許されない色が決められている。大和にいた頃は皇帝の色くらいしか知らなかった紳蘭も、藍華に来て一月半が経った今では、官士の位の差が色でわかるようになっていた。

「僕に何か御用でしょうか？」

驚きや緊張を隠し通した紳蘭は、藍華語で冷静に対応する。

舞台が始まるまで少し余裕があり、桟敷席に向かう通路は人が疎《まば》らに通る状態だった。

先程あとにしたラウンジには大勢の貴族や官士がいて、歌手の名など出しながら楽しげに話している様子が窺《うかが》える。

「然《さ》る高貴な御方が君と話したいそうだ。これから私と共に、上の階に来てもらいたい」

「高貴な御方が？」

「そう、とても高貴な御方のお召しだ」

「……ですが、もう少しで舞台が始まります。それに僕は平民で、今日は独りきりですし」

「王族のお召しだぞ。拒否することなど許されない」

官士の抗言《こうげん》は厳しく、紳蘭は緋絨毯の上で立ち竦《すく》む。

王族と言われて困惑し、天遊に助けを求めたかったが、通信機は手提げの中だ。そのうえ電源を切ってある。そもそも仮に電源が入っていたところで、今ここで通信機を取りだして、天遊か黎樹に連絡するというわけにはいかないだろう。

「あの、舞台が終わってからではいけませんか？」

どうにか連絡を取る隙を作ろうとしたことで、紳蘭は官士の顰蹙《ひんしゅく》を買ってしまう。「そのように嫌がることが如何《いか》に不敬なことか、わからないのか？」と、強い口調で責められた。

「宋天遊大佐の想い人のようだが、調子に乗るのもいい加減にし給え」

「そのようなことは……」

天遊の名を出されたことで、紳蘭の焦りは加速した。すでに何度も天遊と共に劇場に来ている紳蘭は、多くの貴族や官士から彼の愛妾として推測されている可能性が高いが、しかし天遊は軍人であるため、同性愛はあくまでも推測の範疇でなければならない。上級官士からこのようなことを言われると、天遊に迷惑がかかるのでは、と不安になった。いずれにせよ天遊の世話になっている以上、自分が王族に逆らえば彼に迷惑をかけてしまう。

「上の階に行って、王族の方にご挨拶をすればよろしいのでしょうか？」

「その通りだ。我が主は優秀な歌手を好んでおられる。宋天遊副隊長が所有する屋敷から、昼となく夜となく美しい歌声が響くとの噂を耳にされ、興味を持たれたそうだ」

男の言葉を受けて、紳蘭は仕方なく歩きだす。

星歌手と比べて声量が著しく劣る自覚があった紳蘭にとって、あの広い屋敷の外まで声が届いていたのはよいことだったたが、今は少しも喜べなかった。

劇場の係員や衛兵に守られた階段を上がる最中、不安のあまり大和の死刑台が頭を過《よ》ぎる。

十三階段の上に、絞首刑に使う縄がぶら下がっていると聞いていた。

帝のためを想って行動した両親は、おそらく胸を張って堂々と階段を上がり、最期まで元華族としての誇りを忘れなかったことだろう。対して自分は、敵国の王族に呼びつけられ、藍華人の民の一人としてなす術《すべ》もなく階段を上がっている。

「皇弟《こうてい》殿下、件《くだん》の少年を連れて参りました」

六階まで来ると、官士が控えの間の扉を開け、さらにその先の扉をノックした。

皇弟殿下という呼び方に、紳蘭は息をするのも忘れるほど驚愕する。

王族と言われていたにもかかわらず、相手が皇弟だとは夢にも思わなかった。

皇弟殿下——それはなんとも恐ろしい、嫌なことを思いださせる呼び方だ。そう呼ばれる者は何人かいるが、そのうちの一人で、前皇帝の治世で第二王子であった男の名は、藍王瑠《ランワンリウ》という。現在四十八歳になるが、若い時分より武闘派で知られており、体格がよく、厳《いか》つい眉と気取った口髭《くちひげ》を蓄えた長髪の男だ。

今から二十年前——大和暦明光二十年に初代大和総督となり、恐怖政治で大和を支配した男であると共に、園遊会で帝に無礼な態度を取り、両親を死に至らしめた男でもある。

——嫌だ……あんな男には会いたくない。絶対に……！

皇弟は何人かいる。どうか藍王瑠ではありませんように。こんな所で親の仇と二人きりで会うなんて耐えられない。神様、どうかそれだけは許してください。お願いですから、違う皇弟でありますように——立ち尽くして祈り続ける紳蘭の前で、扉は容赦なく開かれる。

「ほう、これは美しい」

主扉が開かれた瞬間、紳蘭は気を失いそうになった。

浅葱《あさぎ》色の紗《しゃ》の幕で覆われた寝台に座っていたのは、紛れもなくあの男だ。

——大和総督……藍王瑠！

金の如意頭の模様が入った真紅の長袍姿の王瑠は、値踏みする目を向けてくる。

背後で扉が閉められる音がした。振り返ると官士の姿はなくなっており、代わりに屈強な男が四人、扉の前にずらりと並んで立っている。全員黒いスーツ姿だった。

「宋天遊が囲っている天使の歌声の美少年とは、其方《そなた》のことか。名はなんという」

体中の産毛が総毛立ち、問われても答えなど出てこない。

紳蘭は両手を腿《もも》に当てて体の芯を支えるように立ち続ける。少しでも気を緩めたら意識を失ってしまいそうだった。ここはどこなのか、自分は誰なのか、動揺のあまり思考が正常に働かない。思いだすのは天遊の姿ばかりで、瞼に焼きついているのは彼の笑顔だった。

「名を名乗れ」

「――宋……宋紳蘭……」

厳しい口調で言われ、紳蘭は掠《かす》れた声で名を名乗る。

このままでは無礼だという意識も働き、「宋紳蘭と申します」と言い直すことができた。

「紳蘭か……其方は、かつて私が惚れた女によく似ている」

「……っ」

「笛の名手で、すらりと背の高い、美しい女だった。見事な黒髪の持ち主であるところも、よく似ている。道ならぬ恋だったが、今でも忘れることはない……いや、道ならぬ恋だったからこそ、とも言えるな。そのような次第で、其方の姿形は大層好みだ」

「お、恐れ多いことで……ございます」

この男はいったい何を言っているのだろう。何が恋だ、冗談じゃない、ふざけるなと叫びたくなる。しかし身も心も恐怖で強張《こわば》り、胸の内で罵《ののし》ることさえ儘ならなかった。

「まずは簡単な試験といこう。私も若い頃とは違い、形にばかり捉われているわけではない。美しくとも才能がない者に大した価値はないのだ。私は其方の歌を耳にしたわけではないが、大層な歌い手だという噂は聞いている。今ここで歌ってみせよ。藍華国歌を所望する」

突然歌えと言われても、惚れた女によく似ているといわれても混乱するばかりで、紳蘭は震えながら王瑠の顔を見据えた。

反射的に藍華国歌の歌詞が頭に浮かび、旋律が心音と重なって響きだす。

それでも歌うことはせず、以前天遊から「我が国を、恨んでいるのか？」と訊かれた時のことを思いだしていた。母国を支配下に治めた藍華帝国を、恨んでいるか否か——それには迷いつつも否と答えることができるが、藍王瑠を恨んでいるかと問われたら、迷いなど一切なく答えは決まっている。

「どうした？　早く歌え」

歌いたくありません——そう言えるものなら言いたかった。けれどもここで自分が失態を犯せば、天遊に災いが及んでしまう。それどころか、今ここで手打《てうち》にされる危険もあった。

藍華帝国は大和とは違い、現代でも身分制度が色濃く残っている国だ。

刑法上は犯罪であっても、身分の高い者の罪に警察がまめまめしく介入することはない。ましてや王族が一市民を無礼討ちしたからといって、取り沙汰《ざた》されることなどないのだ。

「藍華国歌を、歌わせていただきます」

紳蘭は一礼し、胸いっぱいに息を吸い込む。状況をよく考え、つまらない者と評されなければならないと思った。間違っても王瑠に気に入られることがないように、なおかつ不興を買うことは避けられる程度に、力を抑えて無難な声量と技量を使って国歌を歌いだす。

重厚な大理石の上に沓《くつ》を履いて立っていたが、裸足《はだし》で薄氷を履《ふ》む心地だった。足元が異様に不安定で冷たく、その冷感が全身にじわじわと伝わる。歌っているにもかかわらず、こんなに苦しくつらいことは過去になかった。以前よく歌っていた弔いの歌には、悲しくとも歌う意味があったのだ。いつだって、歌いたいと思うから歌っていた。特殊孤児院で歌わされた藍華国歌ですら、嫌々ではあっても苦しいとまでは思わなかった。

「——私も嘗《な》められたものだな」

凡庸な歌い手として無難に歌を終えると、不快げな溜め息をつかれる。さすがに手を抜きすぎたかと焦る紳蘭の前で、王瑠は「何故手を抜いた」と、責める口調で訊いてきた。

自分は藍華の一市民ではなく、貴方を憎んで殺された両親を持つ逆賊遺子だと……貴方が慇懃無礼な態度を取った帝を、心から敬う大和人であると言いたくてたまらなかった紳蘭は、ごくりと喉を鳴らして返す言葉を考える。

「恐れながら、皇弟殿下の御前とあって、酷く緊張してしまいました。思うように声を出すことができず、拙《つたな》い歌になってしまい申し訳ありません。どうかお許しください」

本気で歌わなかったことで無礼討ちされないよう、紳蘭は弱々しく声を震わせる。

役者になったつもりで演じながら、どうしたらこの部屋から出られるかを模索した。

気に入られては困るが、しかし怒らせてもいけない――だが時はすでに遅く、姿形も声も披露してしまっている。あとは殊勝に振る舞い、向こうの出方を待つしかなかった。

「いいだろう、凡庸な国歌を歌ったことは許し難いが、声が美しいのは間違いなさそうだ。我が人生最愛の女に似た美貌に免じて、私の愛妾として宮廷歌劇団に入団させてやろう」

「――え……」

「宋天遊は様々な教師を屋敷に呼びつけているそうだな。そして其方は連日のように舞台を観ている。星歌手に憧れ、入団試験を受ける気でいるのだろう？　私の推薦があれば合格は間違いない。それどころか早々に星歌手の座を射止められるはずだ。宋天遊とは縁を切り、今この時より私の物になれ」

「そんな、そのようなこと」

「何か文句があるのか？　泣いて喜び、皇弟である私に感謝するのが筋であろう」

「……っ、ぅ」

両親が処刑された夜の雷が、時を越えてこの身に落ちてきたかのようだった。

紳蘭は背後から迫ってきた男達に腕を摑まれ、抵抗する間もなく寝台に座る王瑠の前まで連れていかれる。正気が飛びそうだったが、それでも何度か「やめてください！」「放してください！」と声を上げて哀願した。

「神妙にしろ！　皇弟殿下の御前だぞ！」

筋肉の塊のような男に叱責《しっせき》された紳蘭の体は、悔い改める罪人の如く沈められる。

痛いほど強く床に押し当てられた膝から、大理石の冷たさが伝わってきた。

腕を後ろに引っ張られながら見た物は、寝台に腰かけたまま長袍の前身頃をたくし上げる王瑠の動作だ。彼の動きは止まらず、脚衣の前を寛《くつろ》げるところまで繋がっていく。

「――ッ！」

下着の中にあった肉の棒が現れるや否や、紳蘭は声にならない悲鳴を上げた。

自分がおかれている状況や今の立場を理解していても、やがて声が漏れてしまう。

「嫌……っ」と、無礼討ちされても仕方がないようなことを言ってしまった。

「宋天遊の愛妾でありながら、随分と可愛らしい生娘《きむすめ》のような反応をする。その可愛い声を出す口で、私に奉仕しろ。皇帝の血を引く尊い胤《たね》を飲ませてやろう」

「……や、嫌……嫌です！」

拒んで身を引くことは許されず、紳蘭の体は王瑠の脚の間に押し込まれる。

天遊の性器ですら見たことも触れたこともない紳蘭にとって、五十路《いそじ》に迫る男の黒ずんだ

性器はおぞましい物でしかなかった。自分の体についている物と同じ器官とは到底思えず、王瑠の言葉通り、無垢な生娘同様に恐れ戦《おのの》く。

「や、やめて……ください……後生《ごしょう》ですから」

「主に忠義を示す姿は悪くないが、相手をよく考えることだ。其方の主は藍一族の人間ではなく、名門宗家の息子とはいえ、跡取りですらない三男坊だ。そのうえ近衛連隊の副隊長に過ぎない。第一皇弟にして、大和総督である私に所望されるのは、其方にとって著しい出世。それを喜ばぬなら不敬罪でこの細首を斬り落とし、宋天遊に送りつけようぞ」

「あ、ぁ……ぅ」

大きな手で首を摑まれ、頰に性器を押しつけられる。むわりと雄の臭いがして、たちまち吐き気が込み上げた。無意識に息を止めて唇を引き結ぶが、後ろから伸びてきた複数の男の手によって、額《ひたい》や顎を摑まれる。口を大きく開かれ、頰を性器でぴたぴたと叩かれた。

「ぐ、ぅ……む、ぅ！」

自分がいったいどれほどの罪を犯したのか、何故こんな目に遭わなければならないのか、何もわからないまま饐《す》えた臭いのする性器をしゃぶらせられる。

嘘だと思いたくても、口の中の物はあまりにも生々しく現実的だ。

「舐めろ。舌を使ってよく味わうのだ」

藍華に来る前ならば、いっそ殺してくれと言えただろう。

口の中の物に噛みついて、自ら舌を噛んで自害することもできたかもしれない。けれども今の自分は、宋天遊の囲い者としてここにいる。彼を愛しているから簡単には死ねないし、王族に逆らって彼を窮地に追いやるわけにはいかなかった。

「ん、ぅ……っ」

奉仕を強要された紳蘭は、相手が誰であるかも何を舐めているかも考えないようにして、ひたすら舌を動かす。心があるから抵抗感が生まれ、つらくなるのだと思うと、それを切り離してやりすごすより他になかった。唾液が生臭く染まろうと苦味のある汁が口いっぱいに広がろうと、口角がひりつこうと唇がふやけようと、関係なく舌を動かし続ける。

「……ッ、そのように無我夢中で吸って、其方、なかなか可愛いではないか」

「う、ぐ、ぅ……ぅ！」

王瑠が身じろぐと、男達は紳蘭の頭を摑んでぐいぐいと押した。硬く勃起した性器が喉の奥に当たり、何度も嘔吐しそうになる。苦しくて苦しくて、いっそ正気を手放したかった。

――天遊様……っ、助けて……！

紳蘭は左手に嵌めた腕輪に意識を向け、喉奥をガツガツと突かれる苦痛に耐える。

天遊の部下の黎樹に行き先を告げてから出かけており、発信機が埋め込まれた腕輪を嵌め、通信機も持っている。そのうえ運転手に劇場前まで送ってもらっているが、しかし今自分がいるのは劇場の中だ。ここにいる分には誰も不審に思わない。故に助けは見込めない。

「紳蘭、出すぞ……ッ、私の精を一滴残さず飲み干すがよい」

「ぐ、ぅ、ふ……ん、ん……！」

顎が壊れそうなほど激しく突かれた紳蘭は、どぷりと出てきた物に喉を打たれる。口から零してもいないのに、臭いが鼻に回ってきた。いくら自分を誤魔化そうとしても、物事には限度というものがある。生温かく苦い粘液を、他の何かだと思い込むことはできなかった。

「う、ぐ……ぅ」

「零すな。飲め」

そう命じられ、心を殺して喉を鳴らす。初めて知った精液の味は生臭く、雄の苦味が強く出ていて気持ちが悪い。若干硬度を弱めた王瑠の雄が口から抜けていくと、吐き気と眩暈が同時にやってきた。もう何もかも嫌で、今すぐ消えてしまいたくなる。

「寝台の上に寝かせろ」

酸欠で倒れかけた体が、男達の手で掬《すく》い上げられた。長袍の包み釦を外され、衣服を剝《は》ぎ取られている自覚はある。しかし息をするのが精々で、抵抗する気力も体力もなかった。

「……や、め……ゃめ、て……」

上半身を裸にされ、脚衣を下ろされると涙が溢れた。

元々生理的な涙でぐしょぐしょに濡れていた顔に、絶望と悲しみの涙が加わる。願わくは悪い夢でありますようにと祈り続けているが、この悪夢が覚めないことはわかっていた。

「ほう、これはこれは」

「――嫌……っ、放して……！」

紳蘭の体を俯《うつぶ》せにした王瑠は、剝《む》かれた尻を鷲摑《わしづか》みにする。両手でぐいと左右に開いて、紳蘭が悲鳴を上げても構わなかった。柔らかな尻肉は、武闘派の強い男の手によって大きく割られ、秘められていた谷間を暴かれる。愛しい天遊にすら明るい場所では見せなかったというのに、今はあえて照明に向かう形で割り広げられた。

「なんとも素晴らしい。五月も末に近いというのに、見事な桜が咲いているではないか」

「や、ぁ……っ」

天遊の愛撫を受けてきた後孔《こうこう》に、王瑠の指が無遠慮に触れる。

紳蘭はまだ天遊に抱かれてはおらず、清い体のままだった。共に夜をすごすたびに後孔を指や舌で愛され、繋がる日のための準備をしてもらっている最中だ。彼はその日が来るのを心待ちにしながらも、未成熟な紳蘭の身を労《いたわ》り、己の劣情と戦っていた。

「宋天遊の手がついているものと思ったが、まだ未通《おぼこ》ではないか。この慎ましやかな孔《あな》は、紛れもなく処女の証しだ」

「ひ、あっ、ぁ……！」

男の一人が香油を用意し、紳蘭の双丘の狭間に垂らした。

四つん這《ば》いにもなれないほどマットに強く押しつけられた紳蘭の体は、王瑠の指の動きに翻弄される。これ以上穢されるのは絶対に嫌で、「やめて」「嫌！」と何度も訴えたが、彼の行為に容赦はなかった。

「ひ、う、ぁ……！」

ヌプヌプと音を立て、指が孔の中に入ってくる。天遊に同じことをされると恥ずかしさと快感で体中が熱くなるのに、今は血の気が引くばかりだった。室内は決して寒くはないが、氷水に浸かっている感覚がある。不快な異物に抗《あらが》えば抗うほど、爪先《つまさき》がぶるぶると震えた。

「あ、ぁ……ッ！」

「おお、ここか？　其方のいい所はここだな？」

「や、あぁ……っ、は……ぅ……！」

嫌で仕方がないにもかかわらず、触れられると自制が利かなくなる所がある。

そこを探り当てた王瑠は愉快げに笑い、執拗なほど同じ所を責めてきた。肉の痼《しこり》を捏《こ》ねるようにぐりぐりと何度も解《ほぐ》し、紳蘭の反応を確かめてはクックッと声を漏らす。

「あ、ん……っ、あ、ぁ！」

「惚れた男がいても、所詮はこんなものか」

「――ッ！」

「ほら、腰が上がって揺れているぞ。私の陽物《ようぶつ》が欲しくてたまらないのだろう？」

「ち、違、ぅ……違い、ます……っ」

「違うものか。其方は快楽に弱く、可愛らしい嬌声で男を誘う淫売《いんばい》だ。その証拠に、其方の雄は硬く反り返っているではないか」

「……っ、や……ぁ、あ！」

「ほら、ほらどうだ？　これはどういうことだ？　この売女《ばいた》め！」

「ひ、あぁ！」

いつの間にか浮いていた腰から、股間へと手を伸ばされた。

王瑠に摑まれた雄は、確かに硬くなって反り返っている。

何かの間違いだと思いたかったが、天遊に後孔を弄られた時となんら変わらなかった。

相手によって天国と地獄ほどの差を感じるというのに、肉体は魂も心も易々《やすやす》と裏切って、浅ましく反応している。

「お、お願い……です……許して……っ、僕は……」

「なんだ？　許しを請うなら最後まではっきりと言ってみるがよい」

紳蘭は王瑠以上に憎い自分の体を恨みながら、肩越しに王瑠のほうを顧《の》みた。

今まさに長袍を脱ぐ彼は、びっしりと生えた野獣の如き胸毛を晒し、伸しかかってくる。

股間までは見えなかったが、紳蘭の尻臀《しりたぶら》には著大な物が当たっていた。

ドクドクと脈打ち、野獣の涎《よだれ》を彷彿とさせる先走りを垂らしている。

「どうか……許してください。僕は、宋天遊様の妾です。将来を、誓い合った仲です……」

人の物であると明言すれば、許してもらえるのではないか――大和人の感覚でそう思った紳蘭の耳に、またしても王瑠の笑い声が届く。

このあとに続く言葉が、「それを早く言え。人の物なら仕方がない」という台詞《せりふ》であったなら、この男のしたことをすべて許してもいい。そう思うほど必死に祈り続ける紳蘭の耳に飛び込んできたのは、「それはいい」という、嘲笑《ちょうしょうじ》染みた台詞だった。

「私は他人の物を奪うのが何より好きだ！　惚れた女は手に入れられなかったが、よく似た顔の其方は容易に手に入る。これもまた、運命というやつだ」

「――ぅ、ぁ……あ、ぁ――ッ！」

黒服の男達の手で押さえつけられた体に、王瑠が入《こ》ってくる。

愛する男と繋がるために解されてきた肉孔を抉じ開け、無理やり割り込んできた。

天遊が愛してくれた清い体を身勝手な欲望で穢されて、人生にたった一度しかない瞬間を奪い取られる。

「い、痛い……い、いた……ぃ！」

「おお、さすがにきついな……それに、なんという可愛らしい声だ。痛みに苦しむ時ですら、其方はこのように可愛い声で泣くのかっ、ああ、実に素晴らしい」

「ひ、あ、ぁ……動か……な、ぃ……で……」

「ほら、もっと泣け！　遠慮なく泣くがいい！　それでこそ苛《さいな》む甲斐がある！」

メリメリと生木を裂くように肉孔を裂かれ、奥を突かれた。

指で弄る時ですら紳蘭の反応を窺っていた天遊とは、何もかも違う。

マットの上に顎を埋められたまま、紳蘭は赤く染まるシーツを目にした。

女性の処女血とは違うとわかっていても、同じ物に思えて仕方がない。

王瑠に一突きされるたびに、激痛と悔恨の念が押し寄せてきた。

「う、ぅぐ……う――ッ！」

思い起こせば、歌劇を観たいという自分の欲求がこの事態を生んだのだ。

歌劇に人並み以上の興味を持っていない黎樹に付き合わせるのが申し訳なくて、遠慮して独りで観にくることが多くなっていた。ここは治安がよい街だから……裕福な人間が集まる劇場だから……大丈夫だと安心し、油断してこのような事態に陥ったのだ。

藍華での幸福な日々の中で、大和人としての感覚を捨てられず、大和の常識で動いた結果、藍華の王族の恐ろしさを思い知らされた。

「私の可愛い小鳥……ッ、宋紳蘭……其方は、私の物だ！」

第一皇弟にして大和総督でもある藍王瑠は、血に染まる紳蘭の尻を激しく突く。

未通《みつう》の肉洞に白濁を注ぎ込むと、どろりとぬめる血と精液に塗れた雄を紳蘭の尻から抜き取り、剰《あまつさ》え、それを紳蘭の口で清めた。

6

人工的な風に乗って、消毒薬の匂いが流れてくる。自分の身に何か大変なことが起こり、病院にいるのだと思った。病に臥せるのも怪我《けが》をするのも恐ろしいが、今はどこかの病院で医師に見守られ、胃や腸の中まで洗浄されたあとであればいい——ひたすらそう願う。

天遊が傍にいてくれたらいいとは、まったく思わなかった。むしろ会いたくない、こんな自分を見せたくない。彼に知られることは、さらなる拷問だ。

正常な意識を取り戻しているわけでもないのに、自分が誰に何をされたかということと、もう清い身ではないという事実は理解していた。

悪い夢だと思いたいが、あれが夢であるはずがない。

わずかな希望すら感じられないほど、生々しい嫌悪感が心身に刻み込まれている。時計の文字盤に太い釘《くぎ》を打ち込まれたかのようだ。長針も短針も釘に引っかかって、時があのまま止まっている。世間的には時間が流れているのに、自分の中では穿《うが》たれた瞬間のままだ。

今もまだ、あの男の一部が体内にあるような気がしてならない。口腔には錆《さ》びた鉄の如き血の味と、青臭く苦い精液の味が残っていて、息を吸うだけで反吐《へど》が出そうだった。

「目を覚ましたか、紳蘭」

瞼を開けると、白ばかりの部屋が見えた。微《かす》かだがエアコンの音がする。やはり人工的な風だったのだ。病室であることも間違いなさそうだが、聞こえてきたのは藍王瑠《ランワンリウ》の声だった。

頭が重く、体が怠《だる》く、恐る恐ると表現するに相応しい動きで振り向く破目になるものの、実際にはさほど恐れてはいない。あれ以上の屈辱《くつじょく》や痛みなどもう何もない気がして、王瑠の声を聞いても心が芯から冷めていた。憎悪も怒りもあるが、彼に「可愛い小鳥」と称された高い声で、ぴいちく鳴くのは二度と御免だと思う。

「ここは西華苑《せいかえん》にある私の別邸の医務室だ」

医務室？　と鸚鵡《おうむ》返しにしようとしたが、上手く声が出なかった。

王瑠は陽射しを背負っていて、長袍ではなくツーピースの藍華装姿で座っている。医務室に合わない華美な一人掛けの椅子を使っていた。その手にあるのは厚い書物だ。今が昼頃で、あれから半日近く経っているのがわかった。

紳蘭は布団の中で左手首に意識を向け、発信機が仕込まれた腕輪がなくなっていることに気づく。天遊に心配をかけるのは本意ではないが、ここに彼が踏み込んでくることはないのだと思うと、ほっとする気持ちと不安が綯《な》い交ぜになった。もしもこのまま消息不明という形で王瑠の手に落ちることになったら——そう考えると肌が粟立つ。

「手術は無事終わった。心配は要らん」

王瑠は書物についていたスピンをページに挟み、本を閉じた。ぱたんと押しだされた紙とインクの匂いが消毒薬の匂いに混ざった気がするが、実際には気のせいだろう。

紳蘭の両手はベッドの柵に結びつけられていた。

起き上がれない紳蘭と王瑠の間には距離があり、朦朧《もうろう》とする意識のせいで実際よりも遠く見えたり近く見えたりと、視界が不安定に揺らいでいる。

「手術……」

「そう、手術だ。いい医師をつけてやったぞ、感謝しろ」

この男に犯され、内臓が破裂したり酷い裂傷を負ったりしたのだろうか。確かに出血していたので、その可能性はあると思った。手術が必要な状況だったのかと思うと身も凍るほど恐ろしかったが、しかし次の瞬間、紳蘭は自分の体に違和感を覚える。

「――っ、ぅ……」

脚の間の感覚が、いつもと違っていた。体の向きを変えてみると、やはりおかしいことに気づかされる。当たり前に存在すべき物の一部がなくなっていて、脚と脚の間に得体の知れない隙間ができていた。

「な、何を……僕の体に、何を……」

人に相談をする時にはもう、答えは決まっているものだ――と何かで読んだことがあるが、人に問う時にはもう、真実に気づいていることもあるのだ。今もそうだった。わざわざ問うまでもなく、何が起きているのかわかっていた。問うのは、否定してほしいからだ。自分が思っていることは勘違いで、真実は別にあるのだと願っているから問うのだ。それほどに、今紳蘭の頭を占めている現実は酷い。これ以上は想像がつかないほど酷くて、このまま肯定されるか、否定されて想像よりは好転するか、そのどちらかしかないように思えた。

「睾丸《こうがん》を切除したが、陽物は残しておいた。せめてもの恩情だ」

こともなげに言った王瑠は、然も愉快げに目を細める。

椅子から立ち上がった彼は、紳蘭に近づいて顔を見ていた。

表情の変化を、録画でもするような目でじっくりと見て、そして口角を上げる。

何故この男が、ここで自分の目覚めを待っていたのか、厚い書物や部屋に似合わぬ椅子を持ち込んでまで病人を見守る体勢を取っていたのか、その理由はすぐにわかった。

彼は愉しみたかったのだ。犯された者の目覚めを……眠っている間に生殖能力を奪われ、愕然とする者の嘆きを——これもまた一生に一度しかない瞬間を、独りで余すことなく愉しみたかったのだ。

「……っ、あ……ぁ……」

嘆いてはいけない、涙など見せてはいけない。それではこの男の思う壺《つぼ》だ。

大和人の誇りにかけて、誰が泣くものかと意地を張っても、涙が次々と溢れてしまう。

悔しい、悔しくてたまらない。犯されたことよりも、睾丸を切除されたことよりも、この男の前でめそめそと泣いてしまうことが何よりも悔しくてたまらない。

中途半端になった肉体の通り、自分は女々《めめ》しい生き物なのだろうか。

これから先もこうして、奪われて嘆くばかりの人生を歩むのだろうか。

「其方の戸籍を調べさせたが、疾うに声変わりをしているべき歳ではないか。宋天遊が何故さっさと其方の睾丸を取らなかったのか、まるで理解できんな」

「……っ」

声変わりなど、もう終わっている——叫べるものなら叫びたかった。

たとえそう聞こえなくても、そう見えなくても、紳蘭は確かに変声期を終えた体だ。二次性徴を迎えて声帯に一過性の浮腫が出来、それにより声帯が伸びるはずだったが、奇跡的に変化が極めて少なかったために、声の高さがほとんど変わらなかったにすぎない。

「今のうちに睾丸を取っておけば、変声期を避けて高い声を維持できる。今後は可能な限り体を鍛えて豊かな声量を持ち、少年にも女にも出せない力強い高音を世に轟かせるがいい。其方は、不世出の美しきカストラートとして活躍するだろう。私の推薦で宮廷歌劇団に入り、武道だけではなく芸術分野でも私のほうが兄より優れていることを世に知らしめるのだ」

野望と虚栄心に塗れた男の笑みが、涙で滲《にじ》んだ。

藍華帝国と大和の関係と同様、この男の前にいる自分はあまりにも弱い被食者だ。切除の必要がない睾丸を切り取られ、抗議するでもなく咬《か》みつくでもなく、惨《みじ》めに零れる涙を枕に押しつけることしかできない。歯を食い縛って感情を抑えるのが、せめてもの抵抗だった。

「……っ、ぅ……」

「何も嘆くことはない。私は其方の声を守ってやったのだ。ボーイソプラノは所詮、残酷な神の悪戯にすぎない。どれだけ美しくとも突然取り上げられ、美声の持ち主ほどつらい目に遭う。何しろ変声前の声が美しいからといって変声後も美声が約束されているわけではないからな。声変わりが始まれば長期間まともに歌うことはできず、歌手から雑用係に回されるだろう。そのまま歌手として復帰ができず、生涯裏方で終わる者もいる。私は其方がそんな惨めな目に遭わずに済むよう、一日も早く去勢させなければと考えたのだ。其方という歌い手を末長く可愛がる心積もりがあるからこそ、こんな面倒なことをしてやっている。其方は私に感謝するべきだろう。違うか？」

違うと叫びたい想いを胸に、紳蘭は息を詰める。涙や震えは止められなかったが、王瑠が守ったと勘違いしている声を、その耳に入れたくない。何も聞かせたくなかった。

――憎い、憎くて憎くてたまらない！　何が感謝だ。芸術家気取りのお前がやったことは、僕にとっては無意味な行為だ！　この男さえいなければ、穢れた身にならずに済んだのに。父や母や母国を失わずに済んだのに！　大和人の誇りを捨てることもなく、今頃は帝のいる国で生き続けることができた。欠損も何もなく、清らかな身で……！

もしも両親のことが逆らえぬ運命だったとしても、昨日あの場にこの男が現れなければ、自分は天遊の物でいられたのだ。

これまでもこれからも、この男は自分の幸せを壊すのだろうか。

何度も壊して、そしてこんなふうに笑い続けるのだろうか。

ああ、この男を地獄の底に突き落としたい。絶望を味わわせ、この男の人生を壊したい。

これほどの憎悪が自分の中から生まれてきたことが意外で、ある意味では感動すら覚える。

自分は、ただ、さめざめと泣くばかりの軟弱な人間ではなかったのだ。澄ました元華族でもなんでもない。こんなに憎める相手がいたのだ。孤児院で共にすごした月里蓮と同じように、憤怒《ふんぬ》というもっとも激しい感情を持ち合せる、人間らしい人間だったのだ。

「推薦を、お断りすると……僕が言ったら、貴方はどうするんですか？」

わなわなと震えながら王瑠を睨《にら》み上げた紳蘭は、己の想像を超える答えを覚悟していた。

所詮《しょせん》どんなに頭を働かせて考えたところで、この男が思いつく酷刑には及ばない。

王瑠ほどの残酷さを持たない者に、鬼畜の思考を先読みすることなど不可能だ。

「紳蘭、窓辺に置いてある壺を見てみろ。白く小さな壺だ」

王瑠はそう言うと、小窓を指差した。

窓のすぐ下に飾り棚があり、そこに蓋のついた壺が置いてある。

「あの中には、切除した其方の睾丸が入っている。かつての宦官と同じように、其方は死ぬまであの壺を大切にするのだ。そして墓に入る時は睾丸と共に入って、男に戻ってあの世に逝く。……だが其方が私に逆らうなら、腐った睾丸を其方の口に詰め込んで……上下の唇を百足《むかで》の如く縫いつけてやろう。腐毒が回り、のた打って苦しんだ其方は、生きながら野犬の餌《えさ》になる。つまらぬ最期を迎え、この世に生まれてきたことを後悔するのだ」

王瑠の邪悪な笑みを前に、紳蘭の体は幻肢痛に苛まれる。

失ったはずの睾丸がずきずきと痛んで、呼吸も儘ならなかった。

王瑠を睨み続けたくても、激痛と悔しさで涙が止まらない。

視界が不鮮明になっていき、喉の奥から嗚咽が漏れた。

同性の天遊に恋をした紳蘭には、自分がいつか父親になることなど考えられなかったが、生殖機能を失ったことで、強制的に血を絶たれたのだと自覚する。子を作る意志があろうとなかろうと、それは他人の手で勝手にどうこうされるものではないはずだ。

「先にいっておくが、其方が私に逆らった場合や、自害する道を選んだ場合は、その責を宋天遊に取ってもらう」

「――ッ」

「同性愛が禁じられている軍人の身でありながら、私が預けていた歌手志望の少年に不義を働き、死に追いやった罪人として、あの男を失脚させてやる」

王瑠の言葉を最後まで聞いた直後、紳蘭は首を大きく横に振った。

腐った睾丸を食わされて悶《もだ》え死ぬことよりも現実的に、冤罪《えんざい》により名誉を奪われる天遊の姿が浮かび上がる。

「やめて、ください……あの方には、迷惑をかけたく、ありません」

自由と幸福を求め、太陽のように輝きながら生きている天遊に、要らぬ汚点などつけたくなかった。紳蘭が目指していたのは、彼が誇れるような自分だ。天遊には遠く及ばずとも、星歌手として自分も輝き、彼の光の一部になりたかった。

「藍、王瑠殿下……どうか、お慈悲を……」

両手を拘束されたまま、紳蘭は拭《ぬぐ》えぬ涙を流し続ける。

しかし泣くのは今日だけ――これで最後だと心に決めた。

今はこの男の権力と暴力に屈するが、いつか必ず復讐《ふくしゅう》してやる。

最愛の人、天遊に手を出すことなどできないように。大和人の心の支えである帝に無礼な態度など取れないように。いつか必ず、この男を失脚させてみせる。

「紳蘭、もう一度いうぞ。私の愛妾となり、私の推薦で宮廷歌劇団に入れ。よいな?」

メスで切り取られた肉体の一部のように、紳蘭は感情を切り落とす。

涙腺《るいせん》も切除され、もう二度と泣けない身になったのだと己に言い聞かせた。

同時に戦いの火蓋《ひぶた》を切り、誇りを捨てた決死の復讐を開始する。

唇を意図的に開いて、「はい、殿下……」と答えた。

7

藍王瑠《ランワンリウ》の西華苑屋敷に宋天遊がやって来たのは、紳蘭が連れ去られた数時間後だった。

その時すでに紳蘭の睾丸切除手術は終わっており、麻酔により眠りの中にいた紳蘭には、天遊の訪問を知る由もなかった。彼が何度も迎えにきていると聞かされたのは、翌日の夜、繰り返し門前払いを食らった天遊が虎空を伴って出直してきた、五度目の訪問の際だ。

それまでは虎空を連れてきていなかった天遊は、「私の虎が間違いなくこの屋敷に紳蘭がいると示している」と、虎空を警察犬のように使って訴えてきたらしい。

「天遊様に、お別れを告げたいと思います」

医務室のベッドから解放されたばかりの紳蘭は、天遊が近くにいることを知っても顔色を変えなかった。これまで受けてきた演技指導や、感情を抑える元華族としての教育を念頭に置きながら、硬い能面のように表情を固定する。

心が乱れていても、顔だけは涼やかであることはそれほど難しくなかった。

喋《しゃべ》ると声が震えてしまうことがあるが、気を入れて落ち着かせれば乗りきれるはずだ。

「殿下の妾になったことを示しやすいよう、それなりの装いでお会いしたいのですが、服や宝飾品をお借りできますでしょうか？」

病衣姿で医務室のソファーに腰かけていた紳蘭は、冷めた口調を保ち続ける。

王瑠の前でならこういった演技もできるが、果たして今の状態で天遊に会って上手く演じきれるかどうか、不安がないわけではなかった。だからこそ衣装や小道具が必要になる。

舞台に立つ役者も、練習着で演じている時よりも、本番の衣装に身を包んで化粧を施した時のほうが役に成りきれるものだろう。いつ何時も、装いは気持ちに変化を齎すものだ。

「いいだろう、ついて来い」

天遊の訪問を告げにきた王瑠は側近を連れていたが、自ら紳蘭の手を取った。

麻酔を投与された紳蘭は、痛みこそないもののあまり上手く歩けず、手を引いてもらうと少しばかり楽だった。本当は「触らないで」と抗議して振り払いたいが、王瑠の愛妾になることを受け入れた自分を演じきるために、「ありがとうございます」と言ってみる。

さらには王瑠の手に体重を預け、「今の僕には貴方だけが頼りです」と言わんばかりの、切なげな表情を作りだした。

「ここが其方の部屋だ。星歌手になった暁《あかつき》には、藍華禁城の内城の中に部屋をやろう」

廊下を進み、角を二度曲がった先にある部屋に通された紳蘭は、白い医務室とは対照的な空間に目を瞠《みは》る。

藍華では朱色に塗った柱や壁をよく見かけるが、この部屋の壁は朱色ではなく、鮮やかな真紅に塗られていた。天遊の軍服を彷彿とさせる色だ。

装飾は金で統一され、中央には洋風の天蓋《てんがい》ベッドが置かれている。

「この部屋にある物はなんでも好きに使え。使用人も顎で使って構わん。必要な物があれば買ってやる。其方の義務は、私の愛妾として誰からも羨《うらや》まれるほど美しく装うことだ。髪は長く伸ばし、かつて私が惚れ込んだ女のように小綺麗にしていろ」

王瑠に手を引かれたまま部屋に足を踏み入れた紳蘭は、あえて歓喜の表情を作った。

彼が好む高めの声で、「なんて素敵……」と、声を漏らす。

妾というものが男にとってどういうものか、男が女に何を求めるのか、妻妾《さいしょう》同居の屋敷で育った紳蘭にはよくわかっていた。大和の良家の場合、正妻は学歴もプライドも高いことが多かったため、妾はあまり物を知らぬくらいが丁度よかったのだ。甘え上手で気立てがよく、男の征服欲を満たす可愛げのある女性が求められた。

自分は男だが、王瑠から見れば女と同じようなもの……家にいた妾に近い振る舞いをしておけばいい——紳蘭はそう考え、上手く演じて王瑠を油断させる心積りだった。

「星歌手になって、こういう物に囲まれて暮らしたいと思っていました」

寝室から繋がる衣裳《いしょう》部屋の扉を開いた紳蘭は、毛皮のコートや絹の長袍に触れ、宝飾品が並べられた硝子のショーケースを覗き込み、金に目が眩《くら》んだ欲深い少年を演じる。

ここにある物は自分のために用意された物ではなく、この部屋の前の持ち主の物であったことは想像がつき、その人が今どうしているのか考えるのが恐ろしかった。

愛嬌よく振る舞ったところで、飽きられたらどうなるかわからない。あまり手応えがなく単純すぎると飽きられるのが早まり、復讐の機会を得られなくなる可能性があるが、自分の年齢や平民出身という偽りの経歴を考えると、今のところはこの態度でよい気がした。

王瑠が求めているのは華々しい星歌手の愛妾なのだから、それ以外のことでは扱いやすい妾でいればいい。励むべきは歌であり、聡明な妾である必要はないのだ。

「気に入ったか？」

「はい……ですが、この長袍は僕の体には少し短すぎるように思います。直していただくか、新しい物を何着か作っていただけませんか？」

紳蘭は格別に華やかな水色の長袍を手に取ると、自分の体に合わせてから少し残念そうにしてみせる。どことなく拗《す》ねた表情になるよう意識して、上目遣いで王瑠を見つめた。

「お前は声のわりに上背がそれなりにあるからな。だからこそ、カストラートとして最適なわけだが。もちろん体に合わせた服をいくらでも作ってやる。これらはそれまでの繋ぎだ。今日はとりあえずこれを着るといい。其方とほぼ同じ体格の愛妾のために作らせた品だが、一度も袖を通していないはずだ」

王瑠はそう言いながら、桃色の長袍に手を伸ばす。

下から上に向けて美しい濃淡に染め上げられた繻子地に、紫水晶が何千個と縫いつけられ、薄紫色の薔薇《ばら》模様を描いていた。釦も薔薇の形になっており、大層可愛らしい。

どう見ても女性向けの意匠ながらに男性用に作られている長袍は、やはり誰かのための物だったのだ。この衣裳部屋にある物は一人ではなく歴代の何人かの愛妾が残した物であり、王瑠からの贈り物を持たされてはいない彼らが、今現在どこかで幸せに暮らしているという想像はできなかった。

「なんて華やかで可愛らしい……はい、これを着て天遊様にお会いします。あの方も裕福でしたが、これほどの物は与えてくださいませんでしたから……豪華な装いの僕の姿を見たら早々に諦めてくれることでしょう」

「ならば、ダイヤモンドと紫水晶の耳飾りを合わせるといい。蝶の形のやつだ。同じ意匠の腕輪もある。しかも左右一対だ。それらを身に着け、手首に残る拘束具の痕を隠せ。あとは、そうだな……髪も結わせて釵《かんざし》を挿してもらえ。青ざめた顔を隠す化粧も必要だ」

王瑠は紳蘭の言動にすっかり気をよくして、部屋の入り口に控えていた側近に「髪結いと女官を呼べ」と命じた。

復讐のためとはいえ、天遊のことを少しでも貶める発言をするのは応える紳蘭だったが、感情は見えないメスを使って切除したのだと、自分に言い聞かせる。残骸が心臓にしぶとくぶら下がって疼くものの、この先には、さらにつらい戦いが待っているのだ。

天遊の顔を見ながら完璧に演じきれるようでなければ、復讐を遂げて王瑠に勝つことなど到底できない。暴力でも権力でも及ばない自分には、こういった戦い方しかないのだ。

愛らしく微笑み、美しく高い声で歌う鬼になる。

これくらいで痛みを感じている場合ではなかった。


女官の助けを借りて着替えた紳蘭は、髪結いによって髪を整えられ、長髪ではないもののどうにか一部を編み込まれた状態で釵を挿された。耳飾りや腕輪と同じ蝶の意匠の品物で、動くとシャラシャラと音がする。

顔には薄化粧を施してもらい、生来の赤い唇は紅で彩られた。

睾丸切除の手術を受けてまだ一日しか経っておらず、顔色がよくなかったためだ。

頬にも仄かに色をつけ、真珠粉をまぶしたような艶やかな薄桃色に染めてある。

与えられた自室を出たあと、紳蘭は王瑠に一つ頼み事をして、願いを叶えてもらってから応接室に向かった。不自然な歩き方をしているところを天遊に見せるわけにはいかないため、部屋に先に入るのは紳蘭だ。

応接室は藍華の伝統的な朱色と金で統一されていたが、金の面積が非常に多かった。

これもまた伝統的な物で、大和のような侘《わ》び寂《さ》びを美徳とする文化がない藍華では、金の割合が多ければ多いほどよい住居とされている。ただしすべてを金で埋め尽くすのは皇城の証しであるため、朱色の部分をある程度残すのが一般的だ。

特に客を迎える玄関や応接室は、他の部屋よりも金を増やすのが習わしになっている。好意的に考えれば客をもてなす気持ちの表れと取れるが、面子《メンツ》を重視する、見栄っ張りで品のない民族性が表れているとも取れた。天遊や歌劇には惚れ込んだ紳蘭だったが、やはり藍華帝国自体は好きではない。細胞の一つ一つまで、自分は大和人なのだと思い知る。

「紳蘭！」

深緑色の翡翠《ひすい》のテーブルに着いていると、足音と共に天遊が飛び込んできた。

これまでどこで待たされていたのか知らないが、廊下を猛然と走ってきたらしく、両肩も息も上がっている。いつもの軍服姿だったが、飾緒は捩《よ》じれ、皺《しわ》も目立ち、完璧な装いとは言えなかった。傍らには白虎《びゃっこ》の虎空がいて、首輪には鎖が繋がれている。その先を手にしているのは天遊で、側近などは連れていなかった。

「天遊様……」

芝居はすでに始まっており、幕は疾うに上がっていた。

しかし未《いま》だ切り落としきれぬ感情が、心臓から管一本で繋がっている。

少しでも油断すれば、見えない血管を通じて熱い血がドクドクと流れ込み、冷血で強欲な少年を演じきれなくなってしまう。彼は鈍い人ではないのだから、呼吸一つですら気を抜けないというのに、すでに危うい予感がした。

「紳蘭、無事なのか？　攫われて何かされたのか⁉」

酷く取り乱した表情で迫られると、それだけで心の芯が崩れそうになる。

切除したと暗示をかけた涙腺が、ずくずくと疼いていた。それはまだ確かに存在していて、瞼が熱っぽくなっていく。頑張らなければ、涸《か》れたはずの涙が溢れてしまいそうだった。

「ご覧の通りです。贅沢をさせていただいています」

「——っ、どういうことだ？」

「申し訳ありません」

声を震わせることなく藍華語で話した紳蘭は、まずは苦笑に近い困り顔を作り、そこからゆっくりと申し訳なさそうな表情へと変化させた。

目の前にいる天遊の顔が青ざめていようと、一睡もできなかったことを物語るように隈《くま》が濃かろうと、ぶれない自分を……なおかつ不自然ではない程度に情を残した自分を頭の中にイメージし、その通りに演じていく。

「天遊様、どうして僕が王瑠殿下の許にいるとわかったんですか？」

「それは……まずは三色真珠の腕輪を追って、あれが西華苑の外の質屋に売られているのを見つけだした。あとは人を使って聞き込みをして、西華苑劇場で、お前と話していたという上級官士の名前を突き止めた。王瑠殿下に仕えている官士だという話だったが、この屋敷を何度訪ねても知らぬ存ぜぬで……！　確たる証拠もなかったため他もあちこち探し回って、いったいどれだけ心配したことか！」

天遊は虎空の鎖の先を握ったまま、長い髪を振り乱して迫ってきた。肩を摑まれそうになった紳蘭は、椅子に座ったまま「天遊様」と、彼の名を口にする。行動を咎めるような強い口調で言った。そうすることで、接触を拒む意志を示す。

「……紳蘭？」

「ご心配をおかけしたことは心から謝ります。突然こんなことをしてしまって、本当に申し訳ありません。ですがどうか僕の境遇に免じて許してください。こういう選択をしたことを、理解してください」

応接室には天遊と自分と虎空しかいなかったが、紳蘭はこの部屋が盗聴されていることを前提のうえで言葉を作った。ここで下手なことを口にして、大和人であることや逆賊遺子であることを王瑠に知られるのは絶対に避けたい。

「天遊様に可愛がっていただいて、贅沢をさせていただいたことで、裕福だった子供の頃を思いだしてしまいました。僕は夢を見てしまったんです。王瑠殿下に御声をかけていただき、後ろ盾になっていただけると聞いて、気持ちが……ぐらりと揺らぎました」

「紳蘭、何を言ってるんだ？　後ろ盾？　それは妾になるということだ！」

「わかっています。承知のうえで、僕は貴方からいただいた腕輪を捨てたんです」

「――ッ」

三色真珠の腕輪の行方を今の今まで知らなかった紳蘭は、それを自ら捨てたことにする。

そして左右の腕に嵌めている煌びやかな腕輪を、立ち竦む天遊に向かって見せた。

彼からもらった腕輪も高価な品だったが、単純に貴石の価値で言えば、こちらの方が値の張る物だ。何より、如何にも愛妾に与える手の物であり、過剰なまでに華やかだった。

「こういう物が当たり前に手に入って、藍華禁城の中央に近い所で暮らして、汚いものなど何も見ずに生きていきたい。もちろん天遊様を想う気持ちは今でもあります。でも……今の僕が一番惹かれるのは、絶対的な権力です。這い上がるためには、それが必要ですから」

紳蘭は天遊が嫌う言葉を選びだし、それを強く突きつけた。

奥方の話をした際に、彼は言っていたことがあるのだ。

自分を家柄や身分でしか見ていない妻が苦手で、また、友人知人に関しても、そういった下心が少しでも見えると縁を切らずにはいられない——と、彼は生来の輝きを曇らせながら鬱々と話していた。

「……絶対的な、権力？」

「はい。天遊様にもそれなりの力はあるかもしれません。でも、お金があってもほどほどの権力や身分があっても駄目なんです。僕は、王族と接することができるくらい高い高い所に行きたい。だって、僕の歌は物凄く特別なんでしょう？　僕にはそれくらいを求める価値があるんでしょう？　現にこうして、王族の方からお誘いをいただくことができたんですから、間違いなくそれだけの価値が僕にはあるはずです」

「待ってくれ、紳蘭……嘘だ、お前はそんなことを言う人間ではない！」

天遊の顔色はますます青くなり、唇は戦慄《わなな》いていた。

普段の彼とは別人のように動揺している。

太陽の如き輝きは完全に消え失《う》せ、厚い雨雲に覆い尽くされているかのようだった。

「貴方がこうさせたんです。僕は諦めていたのに、貴方が夢を見せたから」

一言何かを口にするたびに、心臓が潰れそうになる。

全部嘘だと言って彼の胸に飛び込み、ぎゅっと抱き締めたかった。自分よりも彼のほうが遥《はる》かに痛そうで、その痛みを取り去るべく、本心を晒したくてたまらなくなる。

「貴方のせいで、こんなふうになったんです。お金持ちで、とても魅力的な藍華貴族である貴方が褒めてくれて……先生方も褒めてくれて、王族である王瑠殿下まで僕の歌声を求めてくれた。僕にそれだけの価値があるなら、一番条件のいい所に行くのが、当たり前だと思うようになったんです」

天遊は紳蘭の肩を掴める位置に立っていたが、しかし触れるに触れられない様子で、手を伸ばしたり引っ込めたりを繰り返し、果ては額を抱えて「やめてくれ」と声を絞る。

「恋愛感情だけで選んだら、間違いなく天遊様が一番です。でも、恋なんて不確かなもので人生を決めるのは危険すぎます。僕には権力が必要なんです。王族から御声がかかった以上、そちらを選ぶのが当然なんです！」

紳蘭は軋む心を抑え込み、自ら用意したシナリオ通りに突き進む。

感情の揺らぎによるアレンジは加えずに、真っ直ぐに終幕に向かう道を選択した。

大和の元華族として何不自由なく育った少年は、底辺から這い上がるために手段を選ばず、失ったもの以上のものを必死に求めようとするのだ。

大国の王族という肩書に惹かれ、権力と富に酔いしれて、恋を捨てる——その筋書きは、間違いなく天遊の地雷を踏むだろう。

彼にとってとても嫌な人間に成りきれば、未練を持たれることもないはずだ。

天遊が王瑠に逆らう気を起こさないように、この筋書きのすべては紳蘭の一存でなければならない。納得して別れることが、彼にとっての最良なのだ。そういう別れ方ができれば、今彼が受けている痛みが引く日も早くなる。

「紳蘭、俺は信じない。お前は清い心根を持った人間だ」

「——いいえ、体が清くなくなると、心も穢れるんです」

これを言わなければ終わらないだろうと思いながらも、紳蘭はもっとも言いたくなかった言葉を口に上らせた。

決して悲しげな表情などしないよう顔中の筋肉を使って、冷めた表情を保ち続ける。

「……っ、まさか……手を、出されたのか？」

血の気を失う天遊の顔を見上げながら、紳蘭は「はい」と、極力さらりと答えてみせた。

そんなことはなんでもないこととして返事をしながら、最後の仕上げのためにさりげなく指先を擦《こす》り合わせておく。

「ご心配なさらなくても、合意の上のことです。天遊様に準備をしていただいたおかげで、さほど痛みはありませんでした」

「紳蘭！」

「ああいうことは、相手によって相当な違いがあったり、途中で嫌になったりするものかと思っていましたが、僕の場合は特にそういうこともなく、相手が誰であろうと感じるものは感じるのだとわかりました。大して変わらないのなら、やはり僕は、頼る相手を選びたい。失ったものを全部取り返すために……いえ、それらをさらに上回るためには、権力と身分が必要なんです。心とか誇りとか、そういう曖昧《あいまい》なものを守って損をするのはもうたくさん。そういう選択をして失敗した人達を、この目で見てきましたから」

帝のために命を捧げた両親のことを匂わせた紳蘭は、テーブルに手をついて立ち上がる。

腰がふらつかないよう注意しながら直立し、天遊に向かって一礼した。

「――紳蘭……それは、どういうつもりだ？」

「これまで本当にありがとうございました。お世話になったことは忘れません。貴方には、一生感謝致します。でもここでさよならです。僕のことを少しでも想うなら、この我が儘を許してください」

「嘘だ……こんなことは、信じられない」

「貴方の理想通りではいられなくて、すみませんでした。人は、自分に特別な価値があるとわかってしまうと、そんなに清くはいられないものです。どうか今後は虎空と一緒に、遠くから応援していてください。星歌手として大成して舞台に立つ僕を見て……歌を聴いてください。それが僕の願いです」

紳蘭は天遊の目を見て告げると、擦り合わせた指先を虎空に向けた。

これまで不穏な空気を感じて下がり気味だった虎空は、紳蘭の手の動きに反応する。

一歩だけ音もなく歩み寄ったかと思うと、突如「ウウウゥーッ」と唸り声を上げ、鋭い牙を剝いた。

「や、ぁ……な、何⁉　怖い！」

紳蘭は驚き、びくっと手を引いて恐怖する。

こうなることは想定内で、台詞は予定通り言えたにもかかわらず本気で怯《ひる》んでしまった。

大きな虎に唸られるのは、いくら覚悟していても命の危険を感じて恐ろしい。

「虎空……やめろ！　落ち着け！」

天遊は鎖を短く持つと、威嚇を続ける虎空の体を紳蘭から離した。

虎空が紳蘭に敵意を見せたことで、彼の心が大きく揺さぶられているのがわかる。

半信半疑だったものが、黒いほうへと動いたのだ。

「……虎空に、嫌われるなんて……ショックです」

紳蘭は虎空を恐れて椅子の後ろ側に逃げると、言葉通りの顔をして身を震わせる。

応接室に来る前に王瑠に頼み、別室にあった狼《おおかみ》の剝製《はくせい》を撫でて、指先に獣臭をべったりと塗りつけておいたのだ。

「天遊様……虎空が怖いので、もうお引き取りください」

じりじりと後方に下がりながら言った紳蘭を、天遊はやはり半信半疑な表情で見つめる。

彼の中の白と黒の割合がどのくらいなのか正確に判別することなどできないが、黒に成りきっていないことは確かだった。

「──これを」

天遊は軍服の衣嚢を探り、絹の手巾に包まれた物をテーブルに置く。

コトッと金属質な音がすると同時に、手巾の中から黄金の腕輪が現れた。

白真珠、金真珠、黒真珠の三色真珠が埋め込まれた、龍の模様の腕輪──藍華では非常に縁起がよく、大成を意味するとされている組み合わせだ。

「宋紳蘭の名が、宮廷歌劇団の星歌手として、藍華中に轟くように……そう願って作らせた腕輪だ。こういう縁起物を手放すと、運気が落ちる」

天遊は魂が抜けたかのように力ない顔をして、紳蘭を見つめる。

手巾だけを衣嚢に戻すと、一文字《いちもんじ》に閉じた唇をさらにきつく結んだ。

発信機が仕込まれた腕輪を受け取ることに躊躇《ちゅうちょ》しながらも、紳蘭は突き返すことができず、虎空を恐れた体《てい》のまま立ち尽くす。

「紳蘭……今のお前を愛することはできないが、歌手としての成功と、幸福を祈っている」

ようやく開かれた唇の向こうから放たれた言葉に、紳蘭は断罪される。

大鉈《おおなた》で首を刎ねられ、今、自分は死んだのだ。

花束紳羅に続いて、宋紳蘭まで死んでしまった。

天遊によって生みだされ、彼に愛された自分はもういない。

「——元気で」

最早一言も返せない紳蘭の前で、天遊は踵《きびす》を返した。

最後の最後に虎空が再び唸《うな》り、彼は鎖を持つ手に力を籠める。

真紅の軍服の背中を黙って見送ると、死んだはずの心が悲鳴を上げた。

——待って……。

唇が開きそうになる。「待って」と叫んで縋りたい。今ならまだ間に合うかもしれない。

しかしそれは許されない。最初は藍王瑠に強制されたにせよ、自分で歩むと決めた復讐の道だ。天遊に迷惑をかけられない気持ちはあったが、彼のためだけを思って決めたわけではない。そこには自分の意志もあったのだ。己の心に従って復讐したいと思った。祖国のため、帝のため、両親のため、そして自分自身の恨みのために——復讐すると決めたのだ。

「……う、っ、ぅ」

扉が閉じて足音が完全に消えてから、紳蘭は腕輪を手にする。

天遊の体温が残る腕輪を胸に抱いて、今度こそ本当に最後の涙を流した。

彼を傷つけてしまったが、こうするより仕方がなかったのだ。

己の油断からおめおめと憎い仇に穢され、体の一部を切り取られて傷物になった身で……

輝く天遊に愛される道など選べる道理がない。王瑠に脅されようと脅されまいと無関係に、
復讐に生きるしかないのだ。天遊の所には決して戻れない。

「……あ、ぁ……ぅ、う……っ」

床に突っ伏した紳蘭は、拳《こぶし》を膝に叩きつける。

痣《あざ》ができるほど強く、何度も叩いた。

憎むべきは王瑠だけではない。

歌劇の魅力に取りつかれ、異国で迂闊《うかつ》な行動を取った自分も悪いのだ。

愚かなこの足が劇場に向かわなければ、こんなことにはならなかった。

憎い男に踏み躙《にじ》られることも、天遊に幻滅されることもなく、虎空に嫌われることもなく、
大和桜が並ぶあの美しい屋敷で……心から微笑んでいられたのに――。

8

藍華暦《らんか》、四七五年――三月一日。

七年前、第一皇弟にして大和《やまと》総督でもある藍王瑠《ランワンリウ》の推薦を受けた宋紳蘭《ソウシンラン》は、宮廷歌劇団に鳴物入で入団し、今や第一星歌手として名声をほしいままにしていた。

変声期を終えているため本来はカストラートではない紳蘭だったが、去勢している事実を王瑠が独断で公表したことで、世間は紳蘭を去勢歌手――カストラートと認識している。

豊かな声量を求めて体を鍛え上げた紳蘭の上背は、満二十二歳にして、成人男性の平均をわずかながら上回るほどになり、着痩《きや》せしてはいるものの、筋肉質で研ぎ澄まされた肉体を誇っていた。肺活量に至っては、一流のアスリートと比べても引けを取らない。

「紳蘭様、間もなく開演です」

世話係の少年に呼ばれ、紳蘭は楽屋をあとにした。

今夜の演目は、紳蘭のために書かれた後宮悲恋物語だ。

紳蘭の役は皇帝に愛された美しき宦官《かんがん》で、衣装は古《いにしえ》から続く後宮の姫君の姿を模し、長く伸ばした髪も結い上げている。男であることを示すために寒色が中心の衣装になっていたが、耳飾りも首飾りも、すべて女物だ。大きな花珠《はなだま》真珠をふんだんに使い、贅《ぜい》を尽くしている。

シャラシャラと鳴る装飾品を纏《まと》いながら、紳蘭は舞台の袖《そで》に向かった。

今夜の舞台は紳蘭の本拠地、藍華禁城内にある宮廷歌劇団の舞台だ。

客席には、王族と貴族と官士、その側近しかいない。

座席はゆったりと広く取られており、実に贅沢な空間になっている。

現在、紳蘭の主《あるじ》である皇帝は、紳蘭を民に自慢したいがために、試演の際に西華苑《せいかえん》劇場の舞台に上げることが間々あった。

その際のチケットは、通常の数十倍の値がつけられるのが当たり前になっている。

チケット売り場には購入者の代理人が何日も前から並び、乱闘騒ぎになることもあった。

金の力や余程のコネクションがなければ手に入らない、いわゆるプレミアチケットだ。

カストラート宋紳蘭の名は帝国中に轟《とどろ》き、紳蘭を歌手として高く評価している皇帝が、「宋紳蘭が演じるに相応《ふさわ》しい脚本を」と頻繁に公募をかけるため、その中から選ばれたものばかりが上演されている。

紳蘭がいてこそ成り立ち、他の誰にも歌えない歌が次々と作られていくのだ。

高音に限らず、三オクターブという驚異的な音域を誇る紳蘭の声と、ボーイソプラノでは決して出せない円熟味を増した表現力。そして万人の目を惹きつけて放さない妖艶《ようえん》な美貌《びぼう》に、藍華中が夢中になっていた。

——天遊《テンユウ》様……今夜もまた、来てくださったのですね。

スポットライトと盛大な拍手を浴びながら、紳蘭は左手三階の桟敷席《さじき》から宋天遊の視線を感じる。

七年前の別れ際に頼んだ通り、彼は紳蘭の成功を一ファンとして支えてくれていた。客席から紳蘭を見つめ、歌を聴き、時には豪華な花を贈ってくれる。

初日と千秋楽は必ず、同じ席を取って独りで観劇していた。演じる場所が廷内であろうと西華苑劇場であろうと、天遊が取る席は変わらない。舞台全体を見渡すにはよい席とは言えないが、紳蘭の姿をもっとも近くで観られる席だ。

——天遊様……この役は現実の私に近いものです。皇帝陛下に望まれて睾丸《こうがん》を切り取られ、表向きは宦官にされた愛妾《あいしょう》の役ですから。

紳蘭が歌いだすと、鳴りやまなかった拍手がぴたりと止《や》んだ。

出だしはいつもこうだ。

登場と共に割れんばかりの喝采《かっさい》を浴び、そしてここから先は客席を惹き込む。

舞台の上では主役が王者——皇帝ですら観客の一人にすぎない。

紳蘭は華美な衣装を纏って舞台の中央に立ち、自分にしか歌えない自分だけの歌を朗々と歌い上げた。他人の人生を演じきりながら、観客の感情を思うままに支配していく。

喜びも悲しみも怒りも、恋のときめきも、心を揺さぶるすべてを与えた。

——貴方の拍手が聞こえる。見なくても感じ取れる。

一幕目が終わる時、華麗なる宮廷劇場は喝采に震えた。

現在、紳蘭は皇帝の愛妾としても名が知られているが、それだけでは観客の称賛は得られない。生半可な称賛と心からの称賛を見極める目と耳を持つ紳蘭には、自分が今受けている喝采が本物であることがわかっていた。

舞台に立つたび、こうして星歌手としての己の実力に絶対の自信を持っていられることは、今の紳蘭にとって生きる糧《かて》とも言えるものだった。歌で感動を巻き起こす悦《よろこ》びがなかったら、復讐《ふくしゅう》のためだけに生きる屍《しかばね》となり、途中で挫《くじ》けてしまっていたかもしれない。

「紳蘭様、紳蘭様っ、今夜も素晴らしかったです！」

舞台から奈落に下がると、世話係の少年が兎《うさぎ》のように飛び跳ねる。「ありがとう」と言いながらいつもの流れで身を屈《かが》めた紳蘭は、化粧が崩《くず》れないよう汗を拭《ぬぐ》ってもらった。

プロ意識が働いて舞台の上では汗を掻《か》かないが、一幕終わると栓を捻《ひね》ったかのように汗が吹きだしてしまう。スポットライトがじりじりと熱いうえに、類稀《たぐいまれ》な肺活量を駆使して尋常ならざる声量で熱演しているのだから、そうなるのも当然だった。

「先程少し遅れて、藍王瑠殿下からお花が届きました。とても立派なお花でしたよ」

廊下を歩いている最中に少年から報告を受けた紳蘭は、「そうですか」とだけ呟《つぶや》く。

歌う時以外は年齢や見た目に合った低めの声で話すよう心掛けている紳蘭だったが、今は意識するまでもなく、アルトすら超えたバス並みの呟きになった。

王瑠は大和総督という立場上、藍華帝国を離れて大和にいる期間がそれなりにある。今回は一週間ばかり大和に行っていたので清々していたが、花を贈ってきたということは帰国したということだろう。

顔を合わせたくはないが、しかし王瑠をできるだけ大和に行かせたくない紳蘭としては、滞在期間がこれ以上長くならなくてよかったという思いが何よりも強かった。

傍《そば》にいられたくないが、大和にはいてほしくないというのが正直な気持ちだ。

「今夜のロビーは凄《すご》いですよ。皇帝陛下と王瑠殿下、他にも王泉《ワンチュエン》殿下や王玲《ワンリン》殿下……それに王女様方からまで。あとは、近衛《このえ》連隊副隊長の宋天遊大佐からも白い薔薇《ばら》が届いていました。圧巻の眺めです」

明るい声で報告してくる少年に、紳蘭はまたしても「そうですか」と返した。

去勢歌手である紳蘭に対して、男女どちらの魅力も持ち合わせているという称賛を籠《こ》めて、多くのファンが紫の薔薇を贈ってくる。そもそも星《せい》歌手には薔薇を贈る習わしがあり、特に紫の薔薇は希少で高貴な物とされていた。ロビーが紫色に埋め尽くされ、立札に王族の名が目立つのは名誉なことで、紳蘭が如何《いか》に価値のある歌手であるかの指標になっている。

贈り主が利用できる生花店は、藍華禁城内の御用達業者のみと決まっており、皇帝の花がもっとも大きく豪華になるよう調整されるため、王瑠から贈られる花は皇帝から贈られる物よりも必ず一回り小さかった。

宋天遊から贈られる物はさらに小さくなるが、しかしいつも白い薔薇だ。

無垢《むく》だった頃を懐かしむ意図があるのかもしれないが、今の紳蘭にとって、彼からもらう薔薇の白さは責め苦にも等しい。

「ロビーに飾られたたくさんのお花に見惚《みと》れてる人達が、紳蘭様自身の恋物語を舞台化してほしいって言ってるのを聞きました。そういう御意見、凄く多いみたいですね」

世話係の少年の無邪気さに、紳蘭は苦笑を返す。

三人の貴人からの花が並ぶたびに、似たようなことを言われているのは知っていた。

宋紳蘭という人気星歌手は、藍華の片田舎《かたいなか》の裕福な家の息子として生まれ、平民にしては教養があったが家が凋落《ちょうらく》。その後、宋天遊に才能を見出《みいだ》されて彼の愛妾になるが、第一皇弟藍王瑠に見初《みそ》められると、出世のために天遊を捨てて王瑠の愛妾となった。さらには、高い声と美貌を保つために去勢手術を受け、カストラートになる。そうして星歌手の座を射止め、果ては皇帝の寵愛《ちょうあい》を受けて、王瑠から皇帝に献上された。

それが宋紳蘭の華麗なる恋愛遍歴と、華々しいサクセスストーリーだ。

大和人の感覚では打算的で確実に嫌われる経歴だが、藍華人の多くは手段を選ばぬ野心を肯定し、何より結果を重視する。平民出身という経歴も手伝って、紳蘭が民衆の批判を買うことはなく、それどころか多くの民が憧《あこが》れて止まない存在だった。

皇帝は現在六十歳、その弟の藍王瑠は五十五歳であるのに対し、宋天遊は三十二歳という若さであり、王族と比べれば身分は低いものの、紳蘭が本当に愛しているのは最初の恋人である天遊に違いない——と実《まこと》しやかに噂《うわさ》され、未《いま》だ続いているかに見える恋愛模様は国中の注目の的になっている。

「私の物語を舞台化したところで、最後は陛下と結ばれなければ上演できないでしょうに。たとえそれが現実に即していようと、物語としてはあまり面白くありませんね」

「そんなことないです。慈悲深い皇帝陛下が身を引いて、皆で陛下を称《たた》えて感謝するという流れなら大丈夫だと思います。たぶん、ギリギリですけど、描き方によっては上演できます。舞台の上の紳蘭様は、宋天遊大佐に当たる美青年軍人と結ばれるんです！　そうじゃなきゃ夢がないですよねっ」

興奮する少年に付き添われて楽屋に戻る途中、紳蘭は自分の楽屋の入り口に白色の髪紐《かみひも》がかかっていることに気づいた。それを見るなり憂鬱《ゆううつ》な気分になったが、決して見落としてはならない大事な合図だ。

「第二幕の台詞《せりふ》を確認したいから、呼ぶまで独りにしてください」

「……あ、はい。開演前にお知らせしますか？」

「出番は二幕の途中からですから、私の出番が近づいたら電話をかけてください。貴方《あなた》ならいい頃合いがわかるでしょう？　集中したいので、誰も部屋に近づけないように」

「はいっ、承知しました！　遅くも早くもない、いい頃合いでお知らせします！」

向日葵《ひまわり》のような笑顔を向けられた紳蘭は、「頼みますね」と微笑《ほほえ》み返す。

唇に嘘《うそ》ばかりつかせ、偽りの笑みばかり浮かべていると、そのうち空気を吸うように嘘がつけるようになることを知っていた。

何事も、繰り返せば上達する。それは悪事においても言えることなのだ。

「……王瑠様っ、おかえりなさいませ」

楽屋の扉を開けて待っていた男の顔を見るなり、紳蘭は歓喜の声を上げる。

大和から帰国したばかりの仇《かたき》の胸に飛び込んで、背中に回した両手に力を籠《こ》めた。

愛《いと》しい恋人に会いたくて胸が潰《つぶ》れそうに苦しく、再会できた途端に感極まるという演技は、舞台の上でも何度もやってきた。相手が親の仇であろうと、作る表情や仕草は同じだ。

「紳蘭、私の愛しい金糸雀《カナリア》」

「王瑠様……私の我《わ》が儘《まま》を聞いて、早く帰ってきてくれたんですね？」

「ああ、其方《そなた》を抱きたくて帰ってきた」

「嬉《うれ》しい……帝宮で催される春の園遊会はこれからですよね？　その前に帰国してしまってよろしかったのですか？」

「そんなものは影武者に任せてきた。この私が、あんな小国の帝《みかど》に礼を尽くす必要などないからな。だが……生憎《あいにく》と今の世は力がすべてとは言えん。世界最古の王族である大和帝室を蔑《ないがし》ろにすれば、世界中から批判を浴びるのは必至だ。まったく忌々《いまいま》しい」

「私には難しいことはわかりませんが、王瑠様が早く帰ってきてくださったことが嬉しくてなりません。この一週間、どれほど淋《さび》しかったことか……」

黒い長袍《チャンパオ》姿の王瑠と見つめ合い、紳蘭は恋する瞳《ひとみ》を彼に向ける。

目の前にいる愚かな中年男は、七年の間に紳蘭の歌と肉体の虜《とりこ》になっていた。

そのため、大和への滞在期間は年々減っている。

影武者を立てるとはいえ、王瑠ほど残酷で、そして大和帝室に対して無礼な男など他にはいないのだから、この男をできるだけ大和に行かせないことは祖国と帝にとって確実によいことだと紳蘭は思っていた。少なくともこの春の園遊会で、王瑠の汚らわしい手が、握手という形で帝の御手に触れることはなくなったのだ。実に微力ではあるが、大和人として帝をお守りすることができたのだと思うと、歓喜の表情など容易《たやす》く作れる。

「……あ、ぁ……王瑠様……私、今とても汗を……」

後宮の姫君を彷彿《ほうふつ》とさせる衣装に手を入れられ、紳蘭は甘い嬌声《きょうせい》を漏らした。

睾丸を切除されてから、精神的な問題で不感症になったため、乳首に触れられても快感は得られない。むず痒《がゆ》く不快なだけだったが、あえて過敏な体の持ち主を装っていた。

「其方の汗ならよい。むしろ舐《な》め取って啜《すす》りたいほどだ」

「もう……王瑠様ったら」

紳蘭は胸への愛撫《あいぶ》に艶《つや》っぽく笑い、肩や腰を震わせる。

王瑠との秘密の逢瀬《おうせ》は、幕間の楽屋と決まっていた。

今から四年ほど前――藍王朝第十六代皇帝藍王龍《ワンロン》は、すでに人気星歌手だった紳蘭に貴族位を与え、愛妾として召し抱えることを望んだ。

それまで紳蘭の主として鼻高々だった王瑠は、兄である皇帝の要請を撥《は》ね退《の》けたものの、再三の求めに折れて仕方なく紳蘭を献上した。要するに皇帝の権力に負けたのだ。

生殖能力はなくとも性行為は可能な体を持つ紳蘭は、皇帝の愛妾とはいえ後宮に囲われることはなく、その後も第一星歌手として活躍を続けている。

皇帝に献上された時点で王瑠と縁を切れるものなら切りたかった紳蘭だったが、それでは復讐にはならないことはわかっていた。気に入りの愛妾を兄に奪われた悔しさを味わわせた程度では、まったく足りない。何より、秘密裏に王瑠に会って彼の身をこの国に縛りつけておかなければ、有害な男が大和に行く回数が増えてしまう。

そういった事情から、紳蘭は今でも王瑠との関係を続けていた。

ただし皇帝を裏切れば極刑は免れないため、二人きりで会うのは舞台の幕間のみだ。

常識的には性行為をするほどの時間はないと考えられることや、楽屋で会っていたことを誰かに見られても、元パトロンである一ファンとして応援に駆けつけただけ、と言いわけができるので、お互いにとって都合がよかった。

「ふ、あ……あ、ぁ……！」

「——ッ、ゥ……紳蘭……」

接吻《せっぷん》も口淫《こういん》もそこそこに、王瑠は後ろから激しく突いてくる。

会える時間は二十分程度で、その短さと恋の障害が彼を燃やしていた。

そもそも王瑠は他人の物を強引に奪うのが好きな男だが、大抵の物は思うまま奪い取れる力を持っている。そのため、稀《まれ》に奪われると燃えるのだ。

道ならぬ恋とやらで手に入らなかった美女に対しても執着していたが、一度は宋天遊から奪ったにもかかわらず兄に奪い取られた紳蘭に対しては、それを上回る執着を持っている。

「お、ぉ……やはり、其方の体は最高だ。他の誰を抱いても、こうはならん」

「や、ぁ……王瑠、様……今夜も……凄く硬くて、嬉し、ぃ……あ、もっと、来て……っ、私を……貴方だけの物にして……っ」

無数の光を放つ楽屋の鏡に向かいながら、紳蘭は彼好みの嬌声を上げた。

衣装を捲《めく》られて剝《む》きだしにされた尻《しり》を自ら突きだし、「いい、もっと」と何度も強請《ねだ》る。

甘やかな吐息や声、そして表情。体の反応まで繰って発情を演じきり、王瑠を求めてやまない淫乱《いんらん》な元愛妾を演じきる。

——ああ……鬱陶《うっとう》しい……さっさと達してしまえ、愚か者め！

天空の金糸雀と称される高い美声で喘《あえ》ぎ続けた紳蘭は、王瑠が達するのを見計らって尻をきつく絞り、「いく、もう、いっく……っ」と忙《せわ》しない口調で訴えた。

「――おお、ぉ……ウゥ、ッ……！」

射精できない肉体を持つ紳蘭が、達した振りをするのは難しいことではない。

「ふ、あ……熱い……あ――ぁ……」

王瑠に抱かれて悦び震え、同時に達する演技はお手のものだった。

腰の震わせ方、括約筋の緩め方、達した瞬間の蕩《とろ》けるような表情――すべてをそれらしく作り上げ、王瑠への愛を体で物語ることで、彼をますます夢中にさせる。

――幕間に中に出すなんて……本当に無神経で身勝手で、つくづく最低な男。

体内に王瑠の精液が広がるのを感じながら、紳蘭は顔を後ろに向けて接吻を求める。

かさついた五十男の唇を貪欲《どんよく》に吸い、煙草《たばこ》の味がする舌を甘露《かんろ》のように求め、唇が離れるなり、「王瑠様、このまま奪って……」と、瞳を潤《うる》ませながら訴えた。

「紳蘭……奪いたいとも……もう我慢ならん。其方は私の物だというのにっ、何故《なぜ》兄になどくれてやらねばならんのだ」

「あ、ふ、ぁ……や、抜いちゃ、嫌……っ」

ずるりと性器を抜いた王瑠は、手巾《しゅきん》を取りだすなり萎《な》えた性器を拭う。

それが終わると椅子《いす》を引いて腰かけ、精液塗《まみ》れの手巾を紳蘭に渡した。

「中の物を掻《か》きだせ。舞台に障るだろう」

「はい……」

そう思うなら中に出すのはやめろ――と抗議したい気持ちとは裏腹に、紳蘭は恥じらいを見せながら鏡の前に座る。

衣装を汚さないよう注意して脚を開き、尻を少しだけ浮かせた。

後孔の真下に汚れた手巾を敷いて、目の前に座っている彼に孔《あな》が見える恰好《かっこう》で精液を掻きだす。紳蘭には睾丸がないため後孔を見せることは容易《たやす》く、性交で腫《は》れた所に中指を当て、奥までクプクプと入れてから手首ごと捻《ひね》った。

「ふ、あ……っ、ぅ」

「私が注いだ胤《たね》がドロドロと出てきているぞ。お前は玉も袋もないからな、可愛い穴がよく見える。こんな姿……藍華中の誰も想像しないだろうな」

王瑠は身を低くして紳蘭の脚の間を覗《のぞ》き込むと、「其方は私の物だ」と、重々しい口調で二度繰り返す。皇帝に献上するしかなかった紳蘭を取り戻したくて仕方がない様子で、強い独占欲がありありと出ていた。

「其方を兄から奪い返す」

「――本当ですか？　いつ？」

「本当だ。いつか必ず奪ってみせる」

いつかではなく、一刻も早く行動を起こしてくれ――その日を今か今かと待ち侘《わ》びている紳蘭は、はっきりしない王瑠に苛《いら》立《だ》ちを覚えながらも微笑む。

「心だけなら疾《と》うに貴方の物なのに」

「其方は可愛《かわい》い……背は伸びたが、私にとっては可愛いままだ」

「ありがとうございます。初めての相手は忘れられないもの……早く私を皇帝陛下から奪い返してくださいね。こんな忙しない情交ではなく、以前のように朝までゆっくり……貴方に抱かれていたい」

金糸雀の美声で囁いた紳蘭は、結実の時を思い描く。

自分からは急ぎようがない話だが、もうあまり時間がない気がしていた。

今のところは幕間を利用して上手くやっているが、こんなことを続ければいつか誰かに見《み》咎《とが》められ、皇帝の怒りを買って首を刎《は》ねられてしまう。

その時は王瑠に強要されたと訴えて道連れにしてやるつもりだが――自分は庶民上がりの新興貴族にすぎず、王瑠は王族だ。

皇帝が異母弟に情けをかけ、軽い罰で済んでしまう可能性も考えられる。

不義を働かせるだけでは足りない。もっと確実に王瑠を失脚させられるよう、より大きな罪を彼に犯させなければ。無論、罪なき人間が誰も傷つかない形で――。

「宋天遊から花が届いていたな」

衣服を整えた王瑠は、どことなく嘲笑《ちょうしょう》めいた口調で言った。

世間では、「宋紳蘭は出世のために宋天遊大佐を捨てて王瑠殿下や皇帝陛下を選んだが、本当に愛しているのは若く美しい最初の男に違いない」と噂されていたが、王瑠はその噂を信じてはいない。自分こそが紳蘭の愛を受けていると思い込んでいるのだ。

男として自惚《うぬぼ》れるのも無理はなく、紳蘭が大和人であることを知らない王瑠は、「大和になんて行かないで」「早く帰ってきて私を抱いて」と強請られる理由に裏があるのも知らず、皇帝を裏切ってまで――即《すなわ》ち出世欲とは離れたところで、本気で愛されていると信じ込んでいた。それに、紳蘭の最初の男が誰であるかを一番よく知っているのは彼自身だ。

「天遊様、まだ私に気があるようで。世間の噂を真に受けて、いつか私が戻ってくるとでも思っているのでしょうか。若い人は夢見がちなものですから」

紳蘭は優越顔などしてみせて、王瑠の髪の乱れを整える。

私の本命は貴方なのに――と言わんばかりにうっとりと見つめると、気をよくした王瑠は品のない笑みを浮かべた挙げ句に声を出して笑った。

「あやつ、其方を私に奪われて相当に参ったようだな。しばし休職した末、あれから七年も経《た》つというのに一向に出世せん。軍位も役職も以前のままだ。なんとも情けないことよ」

王瑠の体を蹴《け》り飛ばしたい思いを胸に抱えながら、紳蘭は「お気の毒に……」と、呆《あき》れた声を漏らす。さらに駄目押しをするように、「私は男を見る目には自信があるんです」と、艶然《えんぜん》と微笑んでみせた。

9

翌、三月二日――。

藍王瑠《ランワンリウ》に抱かれた翌日は喉《のど》の調子が悪くなる紳蘭は、朝から咳《せき》を繰り返す。

喉に不快感や痛みが残る理由は、胃の中の物を吐き戻してアルコールを摂《と》るせいだ。

普段は一滴も飲まないようにしているが、王瑠に抱かれた夜は、気管や胃を消毒したくてたまらなくなり、アルコールに頼ってしまう。忘却と安眠のためでもあり、あまり好きではない強い酒を、グラスに二杯だけ飲んで寝るようにしていた。

――喉が痛い……今日も稽古《けいこ》はあるのに。

そろそろ起きる時間だったが、体中が怠《だる》くて思うように動けない。

寝台に横になったままケホケホと咳をした紳蘭は、羽毛の上掛けを肩まで引き寄せた。

半面を枕に埋《うず》めながら、カーテンのない円窓の下にあるテーブルに目を向ける。

陽《ひ》だまりにはいつも、三色真珠がついた黄金の龍《りゅう》の腕輪が陣取っていた。

――天遊様……。

毎日朝日を浴びることで、腕輪に埋め込まれた発信機は作動しているはずだ。

今でも時々、彼は位置検索をするのだろうか。

一年に一度でも、この腕輪のことを思いだして調べてくれていたらいい。

持ち歩くことはなく、常に部屋に置いてオブジェのように飾っているだけだが、毎朝必ず陽射しが当たる場所に置いているのは自分の意志だ。

実力が重視される歌手としての自分を見ていてほしい気持ちと、皇帝の愛妾となって貴族位を手に入れ、確実に伸《の》し上がっていく自分を見てほしくない気持ち――その両方を抱えている紳蘭だったが、この国で味方だと思えるのは天遊ただ一人だった。

彼に幻滅されるよう振る舞って、「愛することはできない」という言葉を引きだしたが、それでも歌手として応援し続けてくれていることが嬉しい。

その尊い想いがあったからこそ、これまで走り続けることができたのだ。

彼がいなかったら、今自分はこうしてしぶとく生きていけただろうか。

否《いや》、疾うに挫《くじ》けて、復讐者としても歌手としても志半ばで終わっていただろう。

世間の称賛だけでは足りなかった。

それだけで七年も生きていけるほど強くはないことを、紳蘭は自覚している。

今こうして、大和に害をなす男を多少なりと藍華に足止めできている自分を、亡き両親は褒めてくれるだろうか。それとも、恥知らずと罵《ののし》るだろうか。

本当のことは何もわからず、亡くなった人の気持ちなど想像するしかなかったが、天遊が今も支えてくれているのは紛れもない現実だ。

――歌手として、もっと励まなくては……。

寝台の上から龍の腕輪を見つめていた紳蘭は、不調に抗《あらが》って身を起こす。

細身でありながらも力強い声を出すために、毎朝必ずランニングと肺活量を上げるための鍛錬をして、それから稽古場に行くようにしていた。

藍華禁城内にある宮廷歌劇団の稽古場でもトレーニングを行うが、朝の空気を吸いながら外を走るほうが好きだった。肺の中の空気や、血液中の酸素を清浄な物に入れ替え、王瑠の名残を消して真《ま》っ新《さら》な自分になることができるからだ。

無論それは気のせいであり、本当の自分は白薔薇など似合わない人間だとわかっていたが、汚れた身をほんのわずかでも清めたい気持ちは常にあった。

長く伸ばした髪を無造作に縛った紳蘭は、厳《おごそ》かな藍華禁城の雰囲気には似合わないトレーニングウェアを着て内苑《ないえん》を走る。

日に焼けるわけにはいかないので、午前中は日陰になる西側を走るのが日課だった。

内苑は広く、大和桜が植えてある区画や、薔薇園や植物園などに加え、御花園と呼ばれる、機械的に地熱を高くした百花繚乱《ひゃっかりょうらん》の区画もあり、どこを走っても花や緑が目に入る。

三月の朝は気温が低く、走り始めは少々つらいものがあった。

それでも白い息を吐くのは好きで、ハァハァと息が上がれば上がるほど、自分の体内から悪いものが出ていく実感を得られる。

肺の中がひんやりするのも心地好《よ》く、夏場には味わえない感覚だった。

陽射しを避けて回廊に沿って走ると景色はさほど変わらないものの、毎日走っているからこそ感じ取れる変化がある。昨日は蕾《つぼみ》ばかりだった桃が開き始めたことや、芝の上に残っていた雪がようやく溶けたこと。勢いがなくなっていた噴水の一部が修理され、水柱の高さが完璧《かんぺき》に整えられたこと。あちこちで雀《すずめ》が囀《さえず》り、春の訪れを歓迎していること。

些細《ささい》なことでも何かしら変化はあり、小さな発見を喜びに変えることができる。

「——紳蘭」

ノルマの七割ほど走ると、誰かが声をかけてきた。

聞き覚えのある若い男の声に、ただでさえ早鳴っていた心臓が爆《は》ぜる。

時折ファンと称する見物人が現れることがあるが、そういったものではないことは明らかだった。男の声には品性と重みがあり、浮ついた印象は微塵《みじん》もない。

何かしらの覚悟を以《もっ》て声をかけてきているのがわかった。

「天遊様！」

足を止めて振り返ると、予想通りの姿がある。

むしろ期待通りと言うべきなのかもしれない。

いつかこうして天遊に直接話しかけられる日が来るのではないかと、妄想しながら走ったことは数えきれないほどあった。偶然でもいいから回廊ですれ違ったり、何か些細な事件が起きて近衛連隊副隊長である彼に守ってもらったりする機会はないものかと、未練がましい妄想を繰り広げて自分を癒《いや》していたことは、誰にも言えない。

「少し話したいことがある。邪魔してもいいか？」

「……は、はい」

言葉を交わすのは、約七年ぶり——その衝撃に演技を忘れた紳蘭は、素のままで反応してしまう。やはり衣装や化粧は必要で、こんな無防備な姿で会うのは危険だ。

本性が漏れやすく、舞台の上よりも遥かに難しい。

——大人《おとな》になって落ち着いたという風情で、常識的に花の御礼《おれい》を言うべきか……それとも七年前のように突き放した態度を取り、人気が出て調子に乗っている傲慢《ごうまん》な歌手として振る舞うべきか……。

天遊の意図が読めないまま彼と対峙《たいじ》した紳蘭は、変わらぬ真紅の軍服を見つめる。

そうすることで顔を直視するのを避けた。

目と目を合わせたら、約七年という十二分に長い時間が瞬《また》く間に巻き戻り、大和桜の下で共にすごした日々まで心が帰ってしまいそうで怖い。

無垢で穢《けが》れなく、欠損もなかった肉体は二度と戻らないというのに、気持ちだけは今でも清いままでいるつもりになるのは烏滸《おこ》がましい話だ。自分は藍王瑠の手で一方的に穢された被害者ではなく、自らの意志であの男の懐に留《とど》まり、生臭い精液に塗れた栄光と復讐の道を選んだのだから——。

「私に何か御用でしょうか？」

普通に話すと襤褸《ぼろ》を出す恐れがあると判断した紳蘭は、回廊から下りてきた天遊に素っ気なく用件を問う。しかし目を合わせることはできず、軍服の肩に流れる髪ばかり見ていた。

それでも目に入ってしまう天遊の雄々しさや美しさ、全身から立ち上るようなきらきらかなオーラが、今も紳蘭の胸をときめかせる。七年分の歳《とし》を重ね、三十路《みそじ》を過ぎた男ならではの風格もあり、知らない人のようでよく知っている人という、奇妙な親近感があった。

「久しぶりに、大和語で話そう」

天遊はそう言って近づいてくると、回廊を離れて庭の中央に向かって歩きだす。

人目にはつくが、声を拾われない場所を選んでいるようだった。

「天遊様……いったいどういうおつもりですか？」

「完璧すぎる大和語で話しているのを人に聞かれたくないだろう？　だが、俺と一緒にいるところを見られるのは構わない。人目につく場所で話すのは、後ろ暗いことがない証拠だ」

大和語で話す天遊に合わせて、紳蘭も大和語を使いだす。

「お待ちください」と言いながら、待ってくれない背中を追ってしまった。

回廊は二階建てになっており、一階からも二階からも庭を見渡すことができる。

内苑の名物とも言える噴水に目を向けながら通行する者は多いため、数時間後には城中に噂が広まっている危険があった。

「天遊様、困ります。私は……今の私は皇帝陛下の妾《めかけ》です」

「それは知っている。だったら何故、王瑠殿下と逢引《あいびき》なんかしてるんだ？」

噴水に近づくと、水の音が耳の奥まで侵攻してくる。

天遊の声と混ざり合いながら頭に染み込んできて、脳を揺さぶるほどの衝撃に変わった。

ザァザァと流れる水が、紳蘭の胸に焦燥《しょうそう》を生む。

「近衛連隊は、皇帝陛下の御身を守るだけではなく、場合によっては非常にプライベートな内偵も行っている。王瑠殿下が宋紳蘭の舞台を観賞し、幕間に入る前に楽屋に向かうという噂は以前から我々の耳に入っていた。尾行して調べてみたところ、扉の把手《とって》に髪紐をかけてから部屋に入るそうだな」

「――っ、それは……ただ、応援に来てくださっているだけで……」

汗の流れる首筋に、死神の鎌を当てられている心地だった。

不義密通の事実を皇帝に報告されれば、自分は間違いなく処刑される。

一瞬で首を斬られるならまだましだが、皇帝の怒りの度合いによっては、酷い拷問の末に手足を切り落とされて人豚にされることもあった。

王瑠にそういった惨《むご》い写真を見せられたことがあるが、その苦痛と惨《みじ》めさを想像すると、今すぐにでも舌を噛《か》んで早々に死に逃げしたくなるほど恐ろしい。

「俺は皇帝陛下から調査を任され、昨夜……お前の楽屋の音声を録音した」

「――っ……」

噴水の水柱を背負いながら、天遊は「すべて聞いた」と続ける。

彼の顔をまともに見てしまった紳蘭の頭に、昨夜口にした自分の台詞が蘇《よみがえ》ってきた。

『天遊様、まだ私に気があるようで。世間の噂を真に受けて、いつか私が戻ってくるとでも思っているのでしょうか。若い人は夢見がちなものですから』

部屋に戻って胃の中の物を吐き戻している時も、酒を飲んで誤魔化《ごまか》している時もずっと、それらの台詞は頭の中にあった。

王瑠に愛情を信じ込ませるために、自分は大恩ある天遊のことを蔑《さげす》んだのだ。

七年経っても変わらない……今こうして目の前にいる眩《まぶ》しい太陽のような青年に、あんな醜い言葉を聞かれてしまった。そして、親の仇に抱かれて善がる浅ましい声までも、すべて聞かれてしまったのだ。

「あ、ぁ……ッ」

演じることなど到底できず、紳蘭は悲鳴のような声を漏らす。

膝《ひざ》が砕けて立っていることもできなくなり、がくりと芝に沈み込んだ。

「紳蘭……っ」

途中で手を差し伸べられ、肩に触れられる。

七年ぶりの接触だというのに、今は絶望しか感じられなかった。

天遊が皇帝に事実を報告すれば、一両日中にも罰が下るかもしれない。

つまり命はないということだが、いっそ早く殺してほしいとすら思う。

恥がましき身を粉々にして、今すぐ消えてしまいたい。

「……ぅ、あ……」

申し訳ありませんと謝ることもできず、あれは嘘ですと弁解することもできないままに、紳蘭は顔を背けて手で隠す。

これまでずっと抑え込んでいた涙が零《こぼ》れそうで、そんな弱さが嫌だった。

鬼になりきれない情けない身を彼の前から消したいのに、どうしても立ち上がれない。

「紳蘭、以前の俺は……お前が肩書で人を判断し、どうしても出世を望むような人間なら、愛せないと思った。歌手としてのお前の魅力だけを認めて、他の人間と同じように遠くから応援すべきだと判断した」

目線を合わせるために身を屈めた天遊は、芝生に食い込んでいた紳蘭の手に触れる。

常に美しく整えていた爪の中には土が入り込み、力の入りすぎた指は関節まで白くなっていた。わなわなと震え、天遊に握られても一向に強張《こわば》りが取れる気配がない。

「だが、お前は皇帝陛下の愛妾という立場と貴族位を手に入れながらも、危険を冒してまで王瑠殿下を愛するのか？　命の危険を顧みず、それでも愛していると言うなら……不義など働かずに皇帝陛下に御暇を頂戴《ちょうだい》しろ。引退して藍華禁城を去り、十分に期間を空けてから、城下にある殿下の別邸で囲われるより他に手はない。こんなことを続けたら、お前は間違いなく破滅する！」

　最後に声を荒らげた天遊は、人目も憚《はばか》らずに紳蘭の両手を摑む。

　顔を背けることすら許さず、「俺はお前に生きていてほしいんだ」と訴えてきた。

「天遊……様……」

「お前が去勢歌手になったと聞いた時……とても受け入れられずに涙が止まらなくなった。変声期をすぎていたお前には去勢する必要などなかったはずなのにっ、お前はそこまでして名誉が欲しかったのか⁉」

「え、ぇ……そうです……声のためには、去勢する必要なんてなかったけれど、去勢すれば女性的な容貌《ようぼう》を保つことができますから。私は、声だけではなく、美貌を武器に伸し上がるために男であることを捨てたんです」

「愚かなことを……っ、なんて愚かな……！」

　天遊の黒い瞳は怒気を孕《はら》み、血走る白眼は悲哀の膜に覆《おお》われている。

　幻滅し、軽蔑《けいべつ》の念すら抱《いだ》きながらも……それでも死ぬことは許さず、生き続けろと訴える天遊の瞳の中に、すでに死んでいる自分が見えた。これほどの生き恥を晒《さら》して生きるなど、紳蘭には拷問《ごうもん》に思えてならない。時を戻して人生をやり直すなり、天遊の脳から記憶を消すなりしない限りは、とても生きていられない。

「今回は……見逃して、いただけるのでしょうか」

本当はあんな男は大嫌い。偽りの愛を語ってあの男を藍華に引きつけるのは、祖国と帝のため。皐丸は勝手に切除されてしまっただけで、自分の本位ではなかった。何より、今でもずっと貴方だけが好きです——そんな本音を語って天遊に縋るくらいなら、最期の瞬間まで今の自分であるべきだ。

愚かにも親の仇を愛し、立身出世を望みながらも藍王瑠との愛に生きて極刑に処される星歌手——そういう死に方が一番いい。

どうせ心は疾うに死んでいるのだ。天遊と虎空《コクウ》に愛想をつかされたあの夜に死んだ。その後のすべては、死後の怨念《おんねん》を糧に屍を動かしていたにすぎない。

「もう二度と王瑠殿下に会わないと誓うなら、皇帝陛下には報告しない。頼むから、自分の身を大事にしてくれ。お前もすでにわかっているはずだ。ここは大和とは違う」

「はい……誓います。死にたくはないですから」

ようやく四肢《しし》の強張りを解いた紳蘭は、瞬《まばた》きをしないよう気をつけながら答えた。涙など舞台の上でも流したことがないというのに、今は目が潤んでしまっているのがわかる。

迂闊《うかつ》に瞬きをしたら、はらりと涙粒を零してしまう恐れがあった。

「そうか……わかってもらえて、よかった。本当に」

悲痛に訴える表情から一転、天遊は胸を撫《な》で下ろして息をつく。

外気は冷たく、唇から漏れる息は白かった。

かつては何度も口づけた唇が目の前にあるのに、今はもう、指で触れることすらできない。

彼の息はとても清浄に見えるが、自分は違う。穢れきった唇から漏れる吐息は有毒だ。

その毒が、薄い白煙の如《ごと》く彼の耳を掠《かす》めるのがつらい。形のよい耳がいきなり腐り落ちてしまうのではないかと心配になるほどに、不似合いで申し訳なく思った。

「俺が贈った腕輪……今でも持っていてくれて、とても嬉しく思う」

「――っ、ぅ」

「まったく動かさずに部屋に置いているようだが、もし何か困ったことが起きた時や、俺に用事がある時は動かしてくれ。ある程度まで移動すると、通信機に連絡が入るよう設定してある。王瑠殿下のことでもなんでもいい……何かあれば、俺を頼ってくれ」

耳を疑う言葉に、紳蘭は内心酷く動揺する。

発信機がついた腕輪を毎日必ず陽光が当たる場所に置いていたが、それは気休めのようなものだった。そうしておくだけで天遊に見守られている気がして……彼の気配を感じられる気がして、天遊と繋《つな》がっているという幻の安心感に癒された。

それが幻ではなかったと知ったところで、いまさら嬉しそうな顔などできる道理がない。

「手を、放していただけますか？　人が見たらなんて思うか」

「すまない……とても名残惜しくて。ずっとこうしたかったからな」

「――天遊様」

「七年前のこと、後悔している。あの時、首に縄をつけてでも連れ戻せばよかった。たとえお前が出世欲に取りつかれていたとしても、王瑠殿下の所に置き去りにした俺は馬鹿《ばか》だった。どんな手段を使ってでも連れ戻すべきだったんだ。お前を改心させられなかったとしても、ただのパトロンに成り下がったとしても……ずっと傍にいるべきだった」

天遊は紳蘭の両手首を摑《つか》んだまま、「不甲斐《ふがい》ない」と己を責めた。

その言葉を、紳蘭はすぐにでも否定したくなる。

七年前の自分は、天遊に連れ去られることなど決して望んではいなかった。

王瑠が、天遊を罰すると脅したからというだけではなく、憎い男に穢されて傷を負った身を彼の前に晒すのが嫌で、復讐することしか考えられなかったのだ。

もしも天遊に連れ去られて連日諭されたら、自分の身に起きた忌《い》まわしい出来事をすべて告白してしまったかもしれない。

そして自分は、天遊に憐《あわ》れまれ、慰められるだけの……何もできない無力な被害者として終わっていただろう。

「天遊様、私は自分の意志でここまで上り詰めました。後悔なんてありません。ただ、望み通りの成功を得たことで油断して、愚かな行為に手を染めてしまったのは事実です。今後は皇帝陛下の寵《ちょう》を得てさらなる成功を目指しますので、何卒《なにとぞ》ご容赦の上……星歌手、宋紳蘭をこれからも応援してください」

紳蘭はぶれない自分を辛うじて演じきり、両手を引いた。

芝生に手をつき、大和では土下座と呼ばれる体勢を取る。

天遊の前では、このまま出世欲に取りつかれた歌手として終わりたい。

ただし、本当にこのまま終わる気はなかった。

いずれにしても終幕は迫っており、早くそこに向かわなければと思っていたところだ。

「頭を上げてくれ、紳蘭。お前にそんな真似《まね》はしてほしくない」

天遊に肩を抱かれた紳蘭は、ゆっくりと顔を上げる。

目と目が合うと、死んだはずの心が息を吹き返しそうな危うさを感じた。

「天遊様のお慈悲に、心から感謝します」

神妙な顔で言った紳蘭は、改めて土下座する。

感謝の気持ちがあるのは事実だが、本当は彼の目を見ていられなくて――このままずっと、彼がいなくなるまで頭を下げていたかった。

10

三月十八日、夜――。

両親の命日だというのに、紳蘭は大和語で弔いの歌を歌うこともできずに、皇帝の寝所に据えられた小さな舞台の上で流行歌を歌っていた。

六十歳になる皇帝は、気まぐれで発言に一貫性がないところがあり、情緒不安定な印象を受ける人物だ。紳蘭を愛妾として藍王瑠《ランワンリウ》から奪い取ったにもかかわらず、一度も手をつけたことがなく、そのわりに頻繁に歌を求めたり、他者に紳蘭を自慢したりしている。

年齢から考えて性的に不能になってしまったのか、それとも男色の振りをしているだけで本当は男に興味がないのか、皇帝の考えていることが紳蘭にはよくわからなかった。

確実なのは、性愛の対象として求められてはいないという事実だ。

もしもそういう意味で少しでも興味を持たれていれば、挿入には至らずとも体に触れたり唇を吸ったり、或《ある》いは口淫を求めたりと、なんらかの行為はするだろう。

皇帝と皇后との間には、皇太子の他にも男子が二人いて、女子に至っては側室が産んだ王女を含めて十人以上に上る。義務で作ったにしても十分に子が多く、色事にそこまで関心がないとは思えなかった。

自分は愛妾とは名ばかりの存在で、実際には歌手としてしか求められていない――紳蘭は皇帝の気持ちをそのように結論づけている。

つまり特別な愛情を持ち合わせてはいないのだから、何か問題が起きた時に恩情を賜《たまわ》れる立場ではないということは重々承知していた。

「其方の声はいい……高音が特に評価されているが、余は其方の艶やかな低音を好んでおる。体と喉を鍛えて、日々励んでいるのがよくわかる美声だ」

「恐れ入ります。陛下の御為に鍛錬に励んでおります故《ゆえ》、過分なお言葉を賜り大変嬉しゅうございます」

歌い終わるといつも通り褒められたが、しかし皇帝は顔すら見せなかった。

身分を考えれば当然だが、彼は常に御簾《みす》と紗《しゃ》の向こう側にいる。

こちらから見えるのはシルエットだけで、その姿を直《じか》に見ることが許されるのは妃《きさき》や王族、至極限られた者ばかりだった。

紳蘭は愛妾であるため、その「至極限られた者」の一人として、皇帝の顔や体を見ていても不思議ではないのだが、実際には爪先《つまさき》すら目にしたことがない。

第一皇弟の藍王瑠は、王子時代から大和総督として世界に顔を晒していることや、元より武闘派で表に出る機会が多かったため例外的な存在だが、大抵の王族はこのように御簾の内側に籠もっているのが普通だ。

庶民に至っては玉音すら耳にしたことがなく、皇帝も皇太子も畏怖《いふ》されるべき存在であり、国民が親しみを持つ対象ではない。大和帝室とは、その点で大きく異なるのだ。

創作物にすら皇帝や皇太子を登場させることは禁じられており、例外として許されているのは宮廷歌劇団が演じる舞台のみだった。原則としてこれらの役を演じるのは見目の立派な星歌手と決まっている。役者のイメージが本物と被《かぶ》っても差し支えないよう、実力と威厳を兼ね備えた者でなければ演じられないというわけだ。

実際のところ紳蘭は、こうして御簾越しに皇帝と話しながら、皇帝役を何度も演じている団員の顔を思い浮かべていた。

「次の公演は西華苑劇場のこけら落とし公演だったな。四月十日だったか？」

「恐れながら、仰せの通り四月十日でございます」

皇帝の問いに対し、紳蘭は低めの舞台から下りて答えた。

寝台と舞台の間に設置された御簾に近づき、膝を折る。

現在、西華苑劇場は修繕のために一時閉鎖しており、こけら落とし公演は四月十日の夜の部と決められていた。通常は皇帝が藍華禁城を出て西華苑劇場に足を運ぶことはまずないが、こけら落とし公演の際は極秘で観劇することになっている。

「其方、初めて皇太子の役を演じるのであろう？」

「はい、恐れ多くも身に余る重役を頂戴致しました」

「これまでは姫役や美童、うら若き青年の役が多かったが、先程も申した通り其方は低音も素晴らしい。余は其方の皇太子役を、とても楽しみにしている」

「恐れ入ります。重ね重ね身に余る光栄でございます」

御簾の向こうから聞こえてくる声は六十代の威厳ある男の物だったが、言葉通りの喜びを秘めていた。世辞ではなく、本当に楽しみにしているのが伝わってくる。

「其方も知っての通り、西華苑劇場は皇太子の誕生を祝して作られた劇場だ。太子は内気な性格故あまり外には出たがらないが、高名な其方が皇太子役を演じるならば花を贈りたいと申しておる。宮廷劇場で上演する際は、余と共に観るそうだ」

「皇太子殿下に御覧いただけるなんて、大変嬉しゅうございます。陛下にも殿下にも必ずや御満足いただけるよう、精いっぱい努めさせていただきます」

四月十日――その日を復讐の日と決めていた紳蘭にとって、今回の舞台は初日しか存在しないものだった。宮廷劇場で上演する日に自分が生きているとは思えないため、皇太子の御前で演じる日は来ない。

皇太子役をもらえたことや、皇帝や皇太子の前で歌えることは歌手として誇れることだと思っているが、しかし復讐に代えられるほど価値のあるものなど何もなかった。

今でこそそれなりに落ち着いている皇帝だが、かつては癇癪《かんしゃく》持ちで有名で、些細なことで周囲の人間の首を斬《き》り落としたことはよく知られている話だ。

情緒不安定なうえに皇后の尻に敷かれているところがあり、現在でも皇帝や皇后の不興を買って極刑に処される者は大勢いる。

皇太子に関しては、勤勉だが内気な性格で、三十路をすぎても実母である皇后の言いなりだと噂されていた。本当のところはどうなのかわからないが……王瑠が言うには、色事にも武芸にも芸術にも興味を示さない地味で凡庸な皇太子らしい。

紳蘭には藍華皇帝や皇太子を敬う心がないため、何をしてもらったところで一歌手として光栄に思うばかりで、特別な感情は湧《わ》かなかった。

「ところで其方、我が弟、王瑠とは今でも懇意にしているのか？」

「――っ」

突然の問いかけに、紳蘭は跪《ひざまず》いたまま身を強張らせる。

宋天遊が紳蘭の不義を秘匿してくれたとはいえ、そもそも皇帝は彼に命じて紳蘭の素行を調べさせたのだ。何もなかったという報告を聞いたからといって、疑いがすべて晴れたとは言いきれない。

「恐れながら、王瑠殿下からは舞台の際に時折お花を頂戴しております。それ以上のことは何もございません。苟《いやしく》も私は皇帝陛下の妾という栄えあるお立場をいただいております故、当然ながら過去はすべて清算してございます」

「……ならばよいが、其方を余の愛妾として推薦した宋天遊大佐の面子《メンツ》もある。くれぐれも間違いは起こさぬことだ。余は其方に、これからも星歌手として活躍してもらいたい」

「……っ、推薦？」

冷や汗をこらえながら嘘をついた紳蘭は、皇帝の言葉にさらなる驚愕《きょうがく》を禁じ得なかった。

皇帝の口から天遊の名が出たことはこれが初めてであり、そもそも第三者から推薦されて愛妾に取り立てたなどと、そんな話は聞いたこともない。

四年前に御声がかかった時点では、「陛下が其方を見初め、星歌手としてではなく夜伽《よとぎ》を務めさせたいと仰せである」と、皇帝付きの上級官士から告げられただけだったのだ。

「宋天遊大佐の……推薦？　お、恐れながら陛下……それはいったいどういう意味でございましょう。私はそのようなこと、伺った記憶がございません」

皇帝に対して無礼であることは承知しながらも、紳蘭は黙っていることができなかった。

動揺のあまり声は震え、挙げ句の果てに膝をついたまま御簾ににじり寄ってしまう。

「宋天遊から口止めされていたが……余が其方を愛妾に取り立てたのは、彼《か》の者のたっての願いであったからだ。四年前、子を作る必要もなく子が出来る見込みも薄いというのに若い側室達が寵を競って争い、余が手をつけた側室は毒を盛られて次々と死んでいった。困ったことだと思っていたところ、皇后から『男の妾を持たれませ』と勧められたのだ。女は女に嫉妬《しっと》する生き物故、男を後宮の外に囲っている分には無害と言える。現に余が若い頃はそのような存在もいたが、嫉妬深い皇后すらも男の妾には関知しなかったのだ」

皇帝はそこまで語ると、御簾の向こうで大きく動いた。

どうやら飲み物の器を手にしたようで、控えていた側近が酒らしき物を注ぐ音がする。ほどなくして、それを飲み干す音も聞こえた。

紳蘭は黙って控えたまま、皇帝に続いてごくりと喉を鳴らす。

「皇后の勧めもあり男の妾を久しぶりに持とうかと思っていたが、皇后が推薦してきた者は如何にも強《したた》かそうで好みに合わなかった。そんな折、近衛連隊副隊長である宋天遊大佐より其方を強く勧められたのだ。表向きだけでも妾として取り立て、貴族位を与えて出世させるようにと頼まれた。皇后は天遊を可愛がっている故、異論なく其方に決まったのだ」

「そ、そのようなことが……あったとは、存じませんでした」

「其方は幼き頃に天遊の西華苑屋敷に住み、かつては天遊と恋仲にあったにもかかわらず、半ば強引に王瑠に連れ去られたそうだな」

「……！」

天遊が皇帝にここまで話しているとは夢にも思わず、紳蘭は言葉を失う。

欲に目が眩《くら》んで、天遊を捨てたという形を取った自分を……彼は陰ながら本気で支援してくれていたのだ。いくら出世のためでも、親の仇である王瑠の妾でいるのは不本意だろうと考えてくれたのかもしれない。後ろ盾が皇帝であれば最高の出世が望めるうえに、王瑠から解放される——おそらくそういった意図があって、皇帝に頼み込んでくれていたのだ。

――それなのに私は、王瑠を大和に行かせないために不義を働き、あの男に抱かれ続けた。

偽りの愛を語り、天遊様のことを蔑む言葉を口にして……。

皇帝の前だというのに呼吸も儘ならなくなり、紳蘭は無意識に胸を押さえる。あまりにも苦しくて、どうやったら息ができるのか本当にわからなくなった。これまで歩んだ道程も、これから歩もうとしている残りわずかの道程も、すべてが誤りにも思えてならない。

「紳蘭、どうなのだ？　其方はかつて、王瑠に無理を強《し》いられたのか？」

皇帝の問いに答えていなかったことを自覚した紳蘭は、慌てて顔を上げた。

これもまた無意識に、どうにか息を吸う。

すぐには声が出なかったが、「いいえ」とだけ答えるがことができた。

一言話したことで喉が楽になり、「合意のことでございました」と続けられる。

もしもここで、「かつて私は王瑠殿下に凌辱《りょうじょく》されました」と口にしたところで王瑠を失脚させられる道理がなく、真実を語るのは無意味だ。皇帝が思いのほか天遊を可愛がっている以上、なおさら言えない。「はい」と答えた場合、天遊の耳に入る危険がある。

そうなれば、彼は酷く悔やむだろう。

自分が守れなかったせいで紳蘭は変わってしまったのだと考え、己を責めてつらい思いをするに違いない。これ以上傷を深めるくらいなら、今のまま、このままでいいと思った。

「弟を悪《あ》し様に言う気はないが、心涼しく若々しい宋天遊と恋仲にありながら、当時すでに五十近かった王瑠を選ぶとは理解に苦しむ。其方にとって二人の差は、身分か？　それとも権力か？　王族という肩書は、そこまで人を煌《きら》めかせるものであろうか」

皇帝は気怠《けだる》げな声で言うと、疑問形で訊《き》いてきたにもかかわらず「下がれ」と、突然言い渡してくる。紳蘭が言葉を返すことを拒み、「余は不快である」とまで言い放った。

皇帝に「不快」と言われて狼狽《うろた》えずに済む藍華人などいるはずもなく、実際には大和人である紳蘭とて例外ではなかった。鋭い刃を喉笛に突き立てられた心地になり、恐怖のあまり言葉を発することも去ることもできない。

「下がれ」

「……っ、は、はい……申し訳ありません。失礼致します」

もう一度言われ、それだけを言ってどうにか立ち上がった。

扉までは距離があるはずだったが、小走りで進み、瞬く間に皇帝の寝所をあとにする。

逃げ去ったと表現するのが適切な動きで、酷く無礼だったことにあとから気づいた。


皇城を出て内城にある自室に向かう途中、紳蘭は雷鳴を耳にする。

内苑から回廊に光が射し込み、朱色に塗られた柱が黒一色に見えた。

それから数秒後に、太鼓を叩《たた》いたように空が唸《うな》り、遠い雷だとわかる。

仮にすぐ近くまで迫っていたとしても、今の紳蘭は雷に怯《おび》えたりはしなかった。甘えられる人はもういない。だから怯えることもない。

人気星歌手として下に置かぬ扱いをされていても、紳蘭はいつも独りだ。

怖いだの痛いだの淋《さび》しいだのという言葉は縋れる人がいてこそ口にする意味があり、独りぼっちの人間は独りで抱え込むしかない。いちいち大袈裟《おおげさ》なアクションを起こすこともなく、ただ静かにじっと耐えるのだ。

――十年前の今日も……雷が鳴っていた。

雨雲が急激に迫ってきて、内苑が瞬く間に濡《ぬ》れていく。

石の色も緑の色も土の色も、すべてが数段階濃くなった。

回廊の柱の陰から空を見上げた紳蘭は、両親が処刑された日の夜を思いだす。

あの時、祖国のためにも帝のためにも、そして両親のためにも何もできなかった自分は、少しは役立つ人間になれただろうか。

宋天遊から与えられた戸籍と経歴によって生き長らえ、これまでずっと素性を隠し続けてきた。大和人であることを悟られないよう、時には王瑠が口にする大和人の悪口に同調したこともある。藍華によくいるタイプの人間を装いながら、嘘ばかりついてきた。

――偽りの愛の言葉と、体を使って……私はあの男を可能な限り藍華に引き止めてきた。これまではその程度のことしかできなかったけれど、最後に、より決定的なことがしたい。

再び稲妻が走り、城下の遥か向こうの稜線《りょうせん》が見えた。

そのさらに先の海の向こうに、両親が眠る祖国がある。

――お父様、お母様……どうか、成功を祈っていてください。私を見守っていてください。

この命を無駄に散らしはしません。どうか私に力を！

紳蘭は長い袖に隠して手を合わせ、祖国に向かって祈る。

大和は世界から見れば小さな島国だが、良心によって自然に作り上げられた美観を誇り、心身共に清潔な民族だ。

人と人が当たり前に助け合い、譲り合いの精神が息づいている。

藍華帝国の支配下に置かれ、藍王瑠総督の独裁状態になっても、人の本質は変わらない。

どんなに踏み躙《にじ》られても穢されることなく、大和人の魂は今この瞬間も生きている。

「紳蘭……！」

自室に再び足を向けようとしたその時、紳蘭は思いがけない声に耳を打たれた。

空の彼方で響く雷鳴を縫い、重たい足音が迫ってくる。

顔がわからないようフードのついた洋風のマントを羽織っていたが、声でわかった。

第一皇弟であり、大和総督でもある藍王瑠だ。

「王瑠様……っ、いけません、こんな所にいらしては誰の目に留まるか」

王瑠の顔を見た途端、紳蘭の脳裏には開演のベルが鳴り響き、舞台の幕が上がる。

他の誰と話している時よりも、もっとも速やかに演技に入ることができた。

心のすべてを隠そうとする意識が働くせいか、邪念を排して別人を演じきれる。

今も、王瑠だと認識するなり適切な表情を作り、考えていることとは真逆の台詞を難なく吐けた。

――そろそろ来ると思って準備はしていたけれど、選《よ》りに選って今夜だなんて。

両親の命日の夜に、紳蘭は仇の男に抱き締められる。

天遊から、王瑠と二度と会わないよう言い渡された三月二日から先、紳蘭は二週間以上も王瑠を避け、楽屋の前には常に多くの団員を控えさせていた。

いくら王瑠が王族であろうと権力を持っていようと、皇帝の愛妾である紳蘭に会うために人払いするわけにはいかないため、王瑠は紳蘭に会いたくても会えなかったのだ。

「王瑠様……どうか離れてください。私と貴方の関係を……皇帝陛下は疑っています。もう会ってはならないと釘《くぎ》を刺されてしまいました」

「紳蘭……っ、だから其方は私を避けていたのか？」

「それ以外にどのような理由があるというのですか？　皇帝陛下の権力を於いて私達を別つものなど……他にあるとしたら死以外には考えられません。王瑠様……どうかわかってください。ここは皇城からそう遠くはありません。いつ衛兵が来るかわからない場所です。もし見咎められれば、私も貴方も破滅します」

紳蘭はそう言いながらも目を潤ませ、王瑠の顔を愛しげに見つめる。

続ける台詞は前の台詞とは矛盾する、「お会いしたかった……」の一言で十分だった。

それを聞くなり王瑠は夢中で口づけてきて、貪《むさぼ》るように唇を食《は》む。

——首尾は上々……あとは、この男を思い通り動かせば……。

耳の奥にへばりつく雷鳴を聞きながら、紳蘭は王瑠の背に手を伸ばす。

四月十日まで、あとわずか。生き恥を晒す日々はもうすぐ終わる。

これまで王瑠を毒殺しようと思ったことも、寝首を掻《か》こうと思ったこともあったが、そういった手段を取らなかったのは、失敗して何も起こせずに終わるのを避けたかったからだ。

そしてもう一つ、生きて天遊に歌を聴いてほしいという、歌手としての欲もあった。

しかしその欲も潰《つい》えた。今はただ、この世界から早く消えたいと思う。

楽屋での蜜事を天遊に聞かれたことで、今日までの日々がどれほどつらかったことか。

あれから先、毎日毎日……死にたい死にたいと昼夜を問わず願いながら、王瑠がこうして痺《しび》れを切らす日を待っていた。

「四月十日だ。私は其方を再び手に入れる」

「四月十日？　西華苑劇場のこけら落とし公演の日ですね？」

「そうだ。皇帝が城の外に出ることなど、そう滅多《めった》にあることではない。賊《ぞく》や左翼主義者が紛れ込み、爆発物を仕掛けたとしてもおかしくはない話だ」

声を潜める王瑠の言葉は、紳蘭が心待ちにしていたものだった。

皇帝を暗殺したくても、それが自分の仕業だと判明すれば皇位継承権を失う王瑠にとって、皇帝の観劇は絶好の機会と言える。

今年に入って新たな増税が開始されたことで、左翼主義者が地下活動を盛んにしているという噂があり、実際に、昨年末に城下に賊が乗り込んで軍と衝突した。

皇帝暗殺を目論《もくろ》む者はいつの時代も常にいるため、何が起きても不思議ではないのだ。

皇帝が城から出るとなれば警備は万全なものになるが、警備情報に詳しく、なおかつ力のある人間が左翼側に手を貸せば、絶対に不可能なことではない。

可能であれ不可能であれ、それを可能だと王瑠が判断して、実行に移してくれればそれでいいのだ。紳蘭の目的は王瑠に大罪を犯させること――皇帝暗殺なら、未遂でも確実にこの男を地獄に落とせる。

「王族の貴方が賊や左翼派に手を貸すなんて、誰も思いませんね」

「その通りだ。無論私が手を貸したという証拠は残さん。それに皇帝を暗殺したところで、次期皇帝の座は皇太子のものだ。私にはなんの利もない」

「玉座は手に入らなくとも、私は手に入りますよ。私では利になりませんか？」

「お前以外は……と、これから言うところだったのだ」

王瑠はクククッと声を漏らすと、成功した瞬間を思い描いて浅ましい笑みを浮かべる。

共に育った実兄の死を想像し、笑える人間が実在することがおぞましかった。

紳蘭の感覚では、こんな男ですら殺すのは躊躇《ためら》うというのに……それこそが人である証《あか》しだろうに、この男は本当に兄を殺せるのだ。たった一人の兄を殺して得られる幸福を夢見て、悦に入《い》る最低な男――。

「皇太子殿下はどうするのですか？」

「一旦皇帝になってもらう。現在私の皇位継承順位は、皇太子と、その弟二人に次ぐ第四位だが、皇太子が即位した場合……その一人息子が皇太子となり、他の王族の順位が変動する。先帝の弟も今上帝の弟もすべて『皇弟』として一括《ひとくく》りにされ、現在第一皇弟である私が皇位継承順位第二位まで上がることになるのだ」

「それは素晴らしいですね。つまり……皇帝陛下を弑《しい》し奉《たてまつ》り、皇太子殿下が即位したあとに殿下の御子《おこ》にもしものことがあれば、次の皇帝は王瑠様ということですね？」

「そういうことだ」

血の繋がった甥《おい》や、その息子までいずれは殺そうと考えている王瑠の瞳を、紳蘭は焦《こが》れるように見つめ続ける。

今ここで頭に描くべきは、愛しい男が皇帝になり、彼の傍に永遠にいられるという、甘い夢でなければならない。実際には虫唾《むしず》が走る話であろうと反吐《へど》が出そうであろうと、王瑠を愛する自分を完璧に演じきり、この男を失脚させなければ――。

「王瑠様以上に天子の冕冠《べんかん》が似合う方はいません。それに皇帝になれば、貴方はもう大和に行かなくて済む。私達、この国でずっと一緒にいられますね」

「ああ、その通りだ。昼も夜も私の傍で歌っていろ」

紳蘭は王瑠が被っているフードに手を入れて、彼の頬に触れる。

夜になって髭《ひげ》がざらつく頬《ほお》を、繰り返し撫でた。

「はい。そんな夢のような日々のために、私は何をしたらいいでしょう？　歌劇団の人間はある程度思うまま動かすことができますので、微力ながら私にも協力させてください」

「もちろん其方の力は必要になる。舞台の流れを完全に把握しておかなければ、其方の身が危険だからな。その身に何かあったのでは、私が兄を消す意味がない」

「――はい」

乾き気味の唇に触れると、指先を齧《かじ》られる。愛に溺れた王瑠の目には、皇帝になりたいという幼い頃からの願望よりも、紳蘭との甘い生活を夢見る気持ちのほうが強く見えた。

「紳蘭……今宵も其方は美しい。その声も姿も、すべては私の物だ」

「名実ともに貴方の物になれる日が楽しみです。四月十日が、早く来ればいいのに……」

禍々《まがまが》しいことを言って退けた紳蘭は、自ら王瑠の口づけを求める。目を閉じながら、予め《あらかじめ》衣服に仕込んでおいた録音機が正常に動作していることを願っていた。

11

四月八日——改装を終えた西華苑劇場は、皇帝を迎えるこけら落とし公演の準備で非常に慌ただしく、許可を持たない者は近づくこともできない厳戒態勢が敷かれていた。

宮廷歌劇団の関係者と、一部の軍人及び官士のみが劇場内に入り、団員はリハーサルを、それ以外の者は各種点検を繰り返している。

しかしここをどんなに調べたところで、爆発物は当日持ち込まれるのだから意味がない。入場者はすべてボディチェックを受け、金属探知機で頭の天辺から爪先まで徹底的に調べられる予定になっていたが、抜け道というのは大抵どこにでもあるものだ。

藍王瑠《ランワンリウ》は、皇帝暗殺のために北方の軍事大国から樹脂製の小型手榴弾《しゅりゅうだん》を入手し、それらを分解して観客四名の体内に仕込む計画を立てていた。すでに山中でのテストを繰り返して、分解も腸内輸送も再組み立ても、そして爆破も、すべて成功している。

当日は一般客を入れないため、選ばれた観客のうち二名は貴族だ。

暗殺決行前夜の四月九日の夜——翌日の観劇を楽しみにしている劉《りゅう》という貴族の親子と、同行予定の側近二人を拉致《らち》し、殺害したうえで精巧なシリコンマスクを着用した左翼主義者四名と入れ替わる手筈《てはず》になっていた。

彼らが選ばれたのは、左翼主義者が入れ替わりやすい体格の成人男性四名一組であることと、貴賓席《きひん》に手榴弾を投げ込むのが可能な席のチケットを持っているからというだけであり、それ以外に彼らが殺される理由はない。

——今夜中に必ず動かなければ……無関係な四人が拉致される前に、王瑠を失脚させる。

これでやっと、やっと終わる。

軍人や官士が点検を続ける中、紳蘭は絢爛《けんらん》豪華な衣装を身に着け朗々と歌う。

舞台の中央に立ち、身分違いの恋に落ちた皇太子役を演じていた。

紳蘭の歌声に手が止まってしまう軍人や官士らが、興味津々でこちらを見ている。

普段は目にすることができないリハーサルに興奮して、思わず拍手をしそうになった手を慌てて下ろし、仕事に専念している振りをしていた。

——ますます美しく生まれ変わったこの劇場を、血に染めるわけにはいかない。ここでは一切騒ぎを起こさせず、皇帝暗殺未遂事件として前夜のうちに片をつける。それでも必ずや、あの男を失脚させる。

紳蘭は舞台の中央で両手を広げ、低音の美声を響かせた。

カストラートとして人気を博す紳蘭だが、この舞台では低音を使用することが極めて多い。

もちろん紳蘭にしか出せない高音へと上り詰める見せ場はあるが、これまでとは違い、男性歌手としての魅力を開花させるための挑戦的なプログラムになっていた。

しかし実際に皇帝の前で歌うことはできないだろう。

おそらく今夜、自分は身柄を拘束されることになる。厳しい取り調べがあると推測されるため、すぐに首を刎ねられるわけではないだろうが、歌手としての自分はこのリハーサルを最後に終わるのだ。

——私の運命を変えるほどの衝撃を与えてくれた西華苑劇場の舞台。天遊様と共に初めてここに来た日の感動と興奮は、今でも忘れられない。王瑠に凌辱されたのもこの劇場だったけれど、私にとってここは、天遊様との思い出の場所。

紳蘭の中に、王瑠への情は欠片《かけら》ほどもなかった。

愛していると言いながらも、自分の晴れの舞台を血で穢そうとする男。己の手で守ったと勘違いしている高い声ばかりを好んで、男性歌手として紳蘭が花開くことにまったく意味を感じていない男。人の命などなんとも思わず、祖国にも藍華にも害をなすばかりのあの男を、早く始末したくてたまらない。

——これですべてが終わる。私は最後に必ず、あの男に伝えなくては。貴様を愛したことなど一度もなかったと、真実をぶちまけてやる。それを伝えることが、失脚した王瑠をより深い闇《やみ》へと突き落とす。男としての自信さえも、粉々に打ち砕いてやる！

王瑠に愛されたからこそ成り立つ復讐——そして権力を失った男の心をさらに突き落とす愛の復讐を胸に抱きながら、紳蘭は喝采を浴びる。

宮廷歌劇団の団員はもちろん、演出家も点検作業中の軍人も官士も、誰もが盛大な拍手を送ってきた。紳蘭の最後の舞台に対する称賛が、観客がいない劇場内に鳴り響く。

――さようなら、藍王瑠。さようなら、星歌手……宋紳蘭。

紳蘭の耳には、より大きな歓声が届いた。

目には、劇場を埋め尽くす満員の観客が映る。

そしていつもの席に、独り微笑む宋天遊の姿が見えた。

西華苑劇場でのリハーサルが終わったあと、紳蘭は他の団員と共に藍華禁城に戻る。

内苑の近くまで行くと、星歌手ではない者達に見送られる形で内城に入った。

同じ内城の住人でも、中央の皇城に近い部屋を賜る者ほど位が高い。貴族位を持っているうえに皇帝の妾という立場にある紳蘭の部屋は、皇城に近い位置にあった。皇帝の寝所にも近く、御召があった場合は早々に御前に出られるようになっている。

――日付が変わる前に、天遊様に会わなくては……。

浴室で汗を流した紳蘭は、洗い髪を乾かす間を惜しんで無造作に束ねる。

これから天遊に会うつもりだったが、着飾る気は微塵もなかった。万が一誰かに見られた際に彼との仲を疑われないよう、目立たないツーピースの黒い藍華装姿で円窓の横に立つ。

日光が当たる場所にいつも置いている腕輪を、久しぶりに嵌《は》めた。

龍の紋様の黄金の腕輪。三色真珠が埋め込まれた縁起物で、星歌手としての成功を密《ひそ》かに支えてくれた物だ。

今は、この中に埋め込まれた発信機が頼りだった。

天遊の言葉を信じ、腕輪を一定距離移動させることで彼を呼びだすしかない。

——最後まで、これに甘えてばかりだった。

一歩外に出れば不本意な仮面を被っている紳蘭にとって、自室で天遊の気配を感じている時間は幸せだった。この腕輪を傍らに置いて寛《くつろ》いでいる時だけは……天遊とすごす日々や、彼と鉢合わせする妄想を繰り広げながら、ずっと見守られている気分でいられたのだ。

——桜が咲いている。大和桜が……。

満開の桜の木が並ぶ内苑を、紳蘭は行く当てもなく歩いていく。

この腕輪を動かせば、天遊の通信機が鳴るはずだ。

彼がそう言ったのだから間違いない。

もしも一晩中歩いても天遊と会えなかった場合は、皇帝にすべてを話そうと思っていた。

けれどもそれは最終手段であり、紳蘭にはこの暗殺計画を天遊の出世に役立てたい想いがあった。

王瑠が以前言っていた通り、天遊は七年前と変わらず近衛連隊の副隊長の地位に留まり、まるで出世していない。休職していた影響があるのだとしたら、皇帝暗殺計画を未然に防ぐ功労者となって一気に挽回《ばんかい》してほしい――そんな意志の許《もと》に、紳蘭は桜の間を抜けていく。

「紳蘭……！」

濡れ髪が乾く前に、求めていた声が聞こえてきた。

肌寒い四月上旬の夜だったが、その声を聞いた途端に温《ぬく》もりと安堵《あんど》に包まれる。

息はまだ白いのに、心臓を中心に体中が熱くなっていった。

無事に会うことができて本当によかった。これで罪のない観客が殺されることはなくなり、なおかつ天遊は出世の好機を摑めるだろう。

「紳蘭……腕輪を動かしたのは、俺に用事があったからだな？」

「はい、お呼び立てして申し訳ありません」

天遊はいつもの軍服姿だったが、珍しく襟元が乱れていた。

髪は紳蘭と同様に濡れており、しかも雑に結ばれている。

寛いでいた状態から、急いで駆けつけたのがわかった。

表情は甚《いた》く嬉しそうだったが、懸念も確かに見える。

よい用件であることを心底願っている顔だった。

「天遊様にこれをお渡ししたくて」

紳蘭は努めて冷めた表情を作り、衣嚢《いのう》から記憶媒体を取りだす。

その中には、三月十八日の夜の分と、そのあと二度に亘《わた》って藍王瑠と密会し、暗殺計画について話し合った際の音声データを入れてあった。

「——これは？」

「王瑠殿下が、皇帝陛下の暗殺を企てている確たる証拠です」

紳蘭が明言するなり、天遊は切れ長の目を大きく見開く。

耳にした言葉を信じられない様子で、音もなく息を呑《の》んだ。

「四月十日の西華苑劇場こけら落とし公演の際に、王瑠殿下は左翼主義者と結託して、皇帝陛下がおられる貴賓席に威力の強い樹脂製手榴弾を投げ込む計画を立てています。いずれは皇太子殿下やその御子まで暗殺し、皇帝の座に就こうとしているのです」

紳蘭は記憶媒体を天遊の手に握らせると、驚愕する彼がそれを落とさないよう、手指を一本一本曲げさせた。どうにも離れ難くて、そのまま彼の右手を両手で包む。

「紳蘭……っ、何故これを俺に？」

「私も人間ですから、改心することはあります」

「——改心？」

「王瑠殿下が皇帝に相応しいと考え、煽《あお》ったのは私ですが……具体的に計画を進めるうちに恐ろしくなってしまいました。殿下は計画遂行のために、無関係な貴族とその側近を前夜に拉致して殺害しようと考えています。それは私にとって予想外のことでしたし……それに、貴賓席を爆破すれば周辺の桟敷席も巻き込まれるでしょう。舞台を台無しにされることも一歌手として納得がいくものではありませんし、私は今になって怖気《おじけ》づいたんです。あまりに惨い王瑠殿下のやり方に嫌気が差してしまいました」

紳蘭は天遊の手を包んだまま、予定通りの台詞を口にする。

彼が然《しか》るべき機関にデータを提出すれば、いくら密告したとはいえ自分も罰せられるのはわかっていた。音声データの中には、紳蘭が王瑠を嗾《けしか》けている発言も多々あり、そのうえ、舞台の台本や進行表の複製は疎《おろ》か、招待客の座席表を手渡した時の会話も入っている。

暗殺計画の実行犯として十分な証拠があるため、自首や密告により減刑されたとしても、拷問がなくなって速やかに首を刎ねられるという程度の斟酌《しんしゃく》だと推定された。

「これには、お前の声も入っているのか？　お前が加担した証拠は？」

「入っています。……ですがそのままお使いください」

「そんなことできるはずがないだろう！　何故俺がそんな！」

「私をこの国に連れてきたのは天遊様です。他の誰でもない、貴方が引導を渡してください。死ぬ覚悟は疾うにできています。元より貴方からいただいた命です」

紳蘭はどうしても天遊の手を離せず、彼の利《き》き手を両手で握り続けた。

これでよかったと思う気持ちはあるのに、あと少しだけこうしていたくなる。

死を前にして紳蘭の心は穏やかだったが、目の前にある顔は見る見る青ざめていった。

天遊に新たな負担をかけることは、本当に申し訳なく思う。

しかし何年もかけてようやく摑んだこの好機を、どうしても彼に利用してほしかった。

「紳蘭、本気なのか？　自分が何をしたか、この国で皇帝陛下に歯向かえばどういうことになるか、お前は本当にわかっているのか？　密告して未然に防いだところで、加担していたことが明らかであれば罪は免れない。いくら陛下の愛妾でも極刑は免れないだろう。それを承知のうえで、本気で刑に服する気なのか？」

天遊の声は震えていた。

かつて何度も味わった唇からは白い息が漏れ、眉はきつく寄せられている。

滑《なめ》らかなはずの頰は強張って粟立ち、濡れ髪と同じく冷たそうに見えた。

七年前の別れ際を否応《いやおう》なく思いだす顔色に、紳蘭の心は揺さぶられる。

「はい……本来なら大和で死ぬはずだった私は、天遊様のおかげで藍華人として生き長らえ、歌手として十分な成功を収めることができました。若気の至りで欲に溺れたりもしましたが、やはり人の命までどうこうするのは嫌です。私は紛れもなく悪でしたが……少しは人の心があるだけ、王瑠殿下よりはましだと思いたいのです。極刑を受けて罪を償い、魂の禊《みそぎ》を繰り返して、いつかは御仏の許に……両親の許に行きます」

頭の中に用意していた台本通りに語りながらも、演技は上手くいかなかった。

本物の感情が溢れてきて、失ったはずの涙が零れそうになる。

大恩ある天遊を傷つけたり迷惑や心配をかけたりと、陸《ろく》でもないことばかりしてきたが、ようやく彼の役に立つことができるのだ。同時に新たな問題を持ち込み、傷を深めることになるやもしれないが、この好機を天遊に与えずに終わるのはあまりにも惜しく、彼のために何一つできずに死ぬのは、あまりにも悲しかった。

「無理だ……お前を罪人にすることなど、俺にはできない」

「私を処刑台に送ること、つらいと感じてくださる天遊様の優しさ、私はよくわかっているつもりです。ですが私は必ず罰せられる立場です。それなら貴方の手で終わらせてほしい。どうか、王瑠殿下と私を処刑台に送り、皇帝陛下と……罪のない観客をお守りください」

紳蘭は最初から王瑠を失脚させるために嗾けたとは言わずに、一人の人間として、そして舞台に立つ者として耐えられなくなったという筋書きのうえで語る。

計画段階では人殺しを容認していても、現実味を帯びると怖気づくのは人として不自然な心情変化ではないため、急な心変わりを不審がられることはないと思った。

「紳蘭……お前は本当に、王瑠殿下を愛していたのか？」

これを問うのは最後とばかりに重い口調で訊かれた紳蘭は、答えに迷う。

予定では「はい」と答える気でいたが、肯定することを心が拒んでいた。

だからといって否定もできず、何が天遊にとって一番よい答えなのかを改めて考える。

凌辱され、その日のうちに睾丸を切除されて……何年も何年も憎い男に愛を囁《ささや》きながら、色仕掛で王瑠を国内に繋ぎ止め、完全なる失脚のために籠絡《ろうらく》した――本当に愛していたのは貴方だけだと語ったら、天遊は苦しむだろう。

七年前の別れ際、首に縄をつけてでも連れ帰るべきだったと悔やんでいる天遊を、さらに悔やませたくない。いまさら真実を語っても、傷を深めるばかりで意味がないのだ。

「愛していると……つい先日までは思っていましたが、どうやら錯覚だったようです。何故あんな男を好きだと思ったのか、今では理解できません。本来は憎むべき親の仇を愛したと思い込むことで、この国で強かに生き抜く力を得ようとしていたのかもしれませんね」

真実を語りたくなかった紳蘭は、王瑠への愛に疑いを持ったという程度の発言に留めたが、それだけでもいくらか心が晴れた。

王瑠と共にすごしていた間は苦しみを感じておらず、しかし今となっては後悔しているという話であれば、天遊は胸を痛めずに済むだろう。

「紳蘭、それが本当の気持ちだとして、何故お前は俺のことをそんなふうに、まるで眩しいものでも見るような目で見つめるんだ？　その瞳は、お前が舞台の上で演じる恋する者よりそれらしくて、俺はわからなくなる……どうしたって期待してしまうんだ。何か悪いものに憑《つ》かれていたお前の心が王瑠殿下から離れて、今度こそ俺の許に戻ってきたんじゃないかと期待して、不埒《ふらち》なことを考えずにはいられない」

「天遊様……っ、あ……！」

握っていた手を摑まれた挙げ句に強く引かれ、紳蘭は天遊の肩に顔を埋める。

十五の頃と比べたら体格差が少なくなっていたが、それでも自分が小さく感じられた。

記憶媒体を握っている天遊の右拳《みぎこぶし》と、開かれた左手が背中に触れる。

ぎゅっと強く押さえ込まれることで、自分の中にあった時計が急速な逆回転を始めた。

実際には犯した罪も穢れた体も元には戻らないけれど……心というものだけは、現実から脱皮して大きく羽ばたき、瞬く間に昔に帰れるものなのかもしれない。

「ん、ぅ、く……」

「——ッ、ゥ」

強引に口づけられたが、抗う気にはなれなかった。

藍華に来たばかりの頃は、こうして天遊の傍にいられるだけで幸せだったのだ。

何者にもならずに、彼を待ちながら暮らしていたいと思っていた。

藍華歌劇に触れなかったら、今頃自分はどうしていたのだろう。

西華苑にある天遊の屋敷で、虎空と共に彼の帰りを待ち、彼のためだけに歌って……あの屋敷の桜を夢心地で眺めていたのかもしれない。

「あ、ぅ……ふぅ」

「……ッ、ン……」

背中が桜の木にぶつかっても構わず、紳蘭は天遊の口づけを受け止める。

深夜の内苑とはいえ、満開の桜を見に誰がやって来るかわからないこんな場所で、皇帝を守るべき近衛連隊の副隊長と、皇帝の愛妾が密会していいわけがない。

ただ一緒にいたというだけなら、記憶媒体を秘密裏に手渡すためだったと弁解することもできるだろう。しかし口づけなどしていたら、どのような言いわけも通用しない。唇と唇を重ね、舌を絡み合わせるというだけの行為が、天遊を破滅させるかもしれないのだ。

「――っ、いけません」

何もかも忘れて溺れたくても溺れられない紳蘭は、天遊の腕から逃げだそうとする。けれども逃げることは叶《かな》わず、天遊から贈られた腕輪ごと手首を握られた。

「人に見られたら困ります、放してください」

「それなら俺の部屋に来てくれ」

「……天遊様……っ」

「嫌だと言っても連れていく。お前が俺を求めていると感じられる今のうちに、お前を俺の物にする。今度こそ絶対にこの手を放しはしない！」

天遊は紳蘭に向かって強い口調で言い放ち、近衛連隊の佐官宿舎に向かって走りだす。

否応なく走らせられた紳蘭は、満開の大和桜の間を駆け抜けた。

――天遊様……！

真紅の軍服の背で、纏められた黒髪が揺れている。

濡れ髪はすっかり冷えていることだろう。

紳蘭の髪も冷えて、四月だというのに凍りつく感覚だった。

そのくせ体は熱く、五感は今という瞬間を捉《とら》えるために全力で感覚を研ぎ澄ませている。

自分の手を引いて走る天遊の後ろ姿を、写真に収めるように目に焼きつけたいと思った。

冴え冴えとした風の匂いも、舌に残る口づけの味も、走り続ける彼の足音も、肌に触れる空気の感触もすべて、記憶しておきたい。

大和桜が並ぶこの区画は、思い出の中にある西華苑の屋敷に似ていた。

虎空がぬっと顔を出してきそうな予感さえして、走るほどに気持ちが若返っていく。

「天遊様……っ、いけません……もしも誰かに見られたら！」

こんなところを人に見られたら危険なのに、命懸けの行為だとわかっているのに、天遊と一緒に桜の下を走るのが楽しかった。「いけません」と言いながらも頬は勝手に持ち上がり、酸素を求める口も笑ってしまう。どうか誰の目にも触れないようにと、ひたすら祈った。

足を止めることも手を振り払うこともなく、祈ることにだけ力を注いで――紳蘭は天遊と共に佐官宿舎に続く階段を駆け上がる。

一段飛ばしでぐんぐん上がり、朱色に塗られた柱に隠れて回廊の端を進んだ。

足音を立てないよう気をつけながらも歩を止めず、さらに階段を上がって施錠されていた大扉に近づく。

建物は古いままでも鍵は最新の電子錠に換えられており、天遊は左手首に嵌めたバングル仕様のＷＩＰ（Wearable Identity Phone）を翳《かざ》すと、大扉の施錠を解いた。

その先には花が飾られた広間があり、玄関と呼べる大きさの入り口が五つ並んでいる。

天遊は一度だけ振り返ると、紳蘭の顔を見た。

「俺の部屋だ」と言うなり、一番左の扉に向かう。

「天遊様……」

再び翳されたＷＩＰに電子錠が反応し、静かな空間に金属音が響いた。

佐官五人分の宿舎が一つの建物に纏められているため、他の扉がいつ開いて天遊の同僚が出てくるかわからず、紳蘭は落ち着かない。こんな運任せの行動は絶対に避けるべきであり、誰かに見つかることは天遊の破滅に繋がりかねないのだ。

そこまでわかっていながら、足を止めずに動かしてしまう。

手を引かれるまま、紳蘭は彼の部屋に一歩二歩と踏み込んだ。

入った途端に足元を照らすランプが灯《とも》り、奥にある寝室に導かれた。

室内は薄暗かったが、天遊は主照明を点《つ》けずに奥へと進む。

彼が向かう先は寝台で、天蓋《てんがい》から下りる紗を思いきりよく捲《めく》った。

そうして開かれた小さな空間に、紳蘭の体を押し倒す。

「……天遊様……っ」

「紳蘭、もう一度、もう一度だけ……やり直すチャンスを与えてくれ」

覆い被さってきた天遊の顔は、驚くほど必死なものだった。

あの時こうしていれば、ああしていれば——この七年、事あるごとにそう思っていたのは自分だけではないことを、紳蘭は改めて思い知る。

そういった悔恨を後ろ向きでくだらないと言いきるには、歩んできた道があまりにも歪《ゆが》み過ぎていて……お互いに、どうしたって考えずにはいられなかったのだ。

どんなに悔やんで願ったところで一秒たりとも過去には戻れず、何も変えられないけれど、今夜だけは本来進んでいたはずの道の先を見てみたい。

「——ぁ、天遊様……」

「紳蘭、愛している」

藍華装の上着の裾《すそ》をたくし上げられ、肌に直接触れられた。

十五歳の時に出会い、それから三週間後に「愛している」と言われ、「愛しています」と返した時も幸せだったが、今ほどこの言葉の重みを感じたことはない。

「……もっと……もっと言ってください」

仰向《あおむ》けになって生娘のように震えながら、紳蘭は言葉を求めた。

剝かれていく肌は愛撫を受ける前から燃えて、天遊を見つめる瞳は涙の膜に覆われる。

「何度でも言う。俺はお前を愛している」

天遊の唇が動き、喉も胸も動いて、確かにその言葉を口にしていた。

大きな窓から忍ぶ光が寝台を覆う紗を越えて、彼の半面を照らしている。

内苑の蓄熱灯によるものだったが、どんな光よりも清らかに見え、露《あら》わになる天遊の肌を闇に浮き上がらせていた。

暗がりの中にいても、彼はやはり輝いて見える。

隆々たる筋肉も瑞々《みずみず》しい肌も、揺れる黒髪も、すべてが眩しく見えてならなかった。

——私は……こんなに美しい人の目に……穢れきった傷物の体を晒さなくてはならない。

天遊様に愛されたいと願うなら、まずはその屈辱《くつじょく》を乗り越えなくては……この一夜は決して手に入らない。

絶対に、絶対に嫌だと思っていたことができるのは、明日生きているかどうかわからない身だからだ。一年後の未来が自分に用意されているなら、こんな真似は到底できない。

「天遊様……私の体、とても穢れています。そのうえ男として不完全な身を貴方の目に晒すことを、どうか許してください」

「紳蘭、そんなことで俺の気持ちは変わらない。もう二度とあんな後悔はしたくないんだ」

「天遊様……」

「お前が頼る相手を肩書で選んだことが、俺には甚《いた》くショックで……ただそれだけのことでお前を見限り、愛せないなどと言ってしまった。結局は俺の度量が狭かったせいだ。自分にとってトラウマとも言える言葉を浴びて、それ以上傷つくのが怖かっただけだ。俺はそんな拙《つたな》い自己防衛から、まだ幼かったお前の手を放し、王瑠殿下の屋敷に置いてきてしまった。無情なことをしたと思っている」

天遊は、「どうか許してくれ」と声を振り絞る。

紳蘭が両手を伸ばすと、胸の上へと深く沈んできた。

互いの頬に触れ、耳に触れ、少し湿った髪に指を埋め合う。

鼻先が触れるほど近くで見つめ続けると、それぞれの瞳から涙が零れた。

「――天遊様、どうか謝らないでください。あの時の私は欲に目が眩《くら》んでいて……愛すべき相手すら見誤って、どうかしていたんです。貴方の判断は正しいものでした。貴方が悔やむ必要は何もないんです」

「紳蘭……」

「移り気な私を許してください。今はもう、貴方だけを愛しています」

最初から変わらず貴方だけを……貴方一人をずっと愛し続けていたと口にすることはできなかった紳蘭は、それでも幸福を感じていた。

天遊に向かって、愛していると言えたのだ。

それだけで十分過ぎるほど幸せで、羽が生えた心が一足先に天に向かって昇っていく。

「紳蘭、これから先のすべてを俺にくれ。もう誰にも渡さない」

「――ぅ、ん……！」

涙を振りきった天遊は、雄の顔を見せるなり唇に食らいついてきた。

これから先のすべて――彼はそう口にしたが、紳蘭は皇帝暗殺計画に深く関わり、明日の命すら知れない身だ。いくら天遊が皇帝や皇后に気に入られているとしても、近衛連隊副隊長の立場でどうこうできる話ではない。

「ふ、ん、ぅ……っ」

「――ッ、ゥ……」

これから先のすべて――それがどんなに短い時間であろうと、天遊の物でいられることは幸せだった。人生の最後に、本当に愛した人に愛されて……その温もりを纏ったまま死ねるなら、処刑台など怖くはない。

「ふ、ぅ……ぁ」

口づけながら脚衣も下着も取り去られ、紳蘭はびくりと震える。

腰から腹部にかけて滑っていく彼の手が、今にも性器に触れようとしていた。

紳蘭は昔の宦官のように陽物まで失ったわけではなかったが、睾丸や陰嚢はなく、勃起はしても射精はできない特殊な体を持っている。本来あるべき物がないというのは、自分では見慣れていても、初めて目にする人には奇異で恐ろしい物かもしれないと思うと、こうしていることに迷いが生じた。

本当に晒してよかったのか、無垢で傷一つなかった体を天遊の記憶に留めたまま……塗り替えることなく終わるべきではなかったのかと迷い、紳蘭は膝と膝をきつく閉じる。

「んう、ぅ」

唇を崩されながら、性器を指で撫でられた。

心は怯えているにもかかわらず、不感症のはずの体は愛撫に感じていた。

やんわり撫でられる心地好さと、付け根の下にある手術跡に触れられる抵抗感を行き来しながら、紳蘭は天遊に求められるまま膝の力を緩める。

明日どうなっているかわからない命だから、すべてを晒すと決めたのだ。

どんなに恥ずかしくとも悔しくとも、今の自分を見せると決めた。いつまでも抵抗すると余計に見苦しくなるばかりで、口にした愛までくすんでしまう。

「あ、ぁ……！」

唇を解放されるなり、手術跡を指の腹で丁寧になぞられた。

王瑠の前で不感症を隠して過敏な振りをしていた体が、本物の反応を見せる。

性器の硬度も増していったが、それはついぞ見たことがない光景だった。

睾丸がないせいか、これまでは前立腺《ぜんりつせん》を刺激されてもさほど硬くならず、辛うじて勃つ程度だった性器が、今は完全に反り返っている。

「紳蘭……そんなに身を強張らせなくても大丈夫だ。お前は美しい」

「――天遊様……ぁ、いけません……そんな……！」

身を沈めた天遊が何をしようとしているのか察した紳蘭は、慌てて上体を捻ろうとした。しかしそれは許されず、仰向けのまま性器を口に含まれる。

「う、あ、ぁ！」

「……ゥ、ン……」

膝裏を摑まれ、いきなり喉奥まで吸い込まれた。

上下の唇で括《くび》れをきつく挟まれたかと思うと、鈴口を舌先で舐められる。

「は、ん、ぅ……天遊様……っ」

ジュプジュプと口淫を受けながら、傷痕《しょうこん》しかない会陰を指で愛撫された。

どこをどう撫でたら気持ちがよいのか、天遊は紳蘭の反応や嬌声で判断しながら、たまらなくよい所を的確に攻めてくる。

「く、ふ、ぁ……っ」

愛する男に触れられ、舐められるというのはこんなに気持ちがいいものだったのかと……

久しぶりに思いだすことができた。大人になってからは意図して低めの声を出すようにしていたにもかかわらず、本来の高い声が漏れてしまう。

「あ、ぁ……や、ぁ……！」

「――ッ……」

口に含んでいた性器から顔を離した天遊は、舌先だけを裏筋に残し、そのまま根元に舌を滑らせた。その先にあるのは、男として本来はあり得ない隙間。手術跡の残る会陰だ。

紳蘭は思わず、「嫌です……っ」と拒否したが、天遊はやめなかった。

紳蘭の両膝を持ち上げ、腰を浮かせた状態で秘めた古傷をクチュクチュと舐める。

わずかに凹凸《おうとつ》のある縫い目に舌先を沿わせてみたり傷痕その物を吸ってみたりと、紳蘭の反応を見ながら後孔《こうこう》にまで指を忍ばせた。

「や、ぁ……あ、天遊様……そこは……っ」

「……ン、ッ」

指の挿入を助けるためか、天遊の舌が後孔に向かう。

唾液を纏いながら入ってくる舌に、紳蘭はまたしても身を震わせた。

羞恥と快楽に耐えられなくなり、シーツを両手で強く掴む。

好きな人の前でこんなに恥ずかしくみっともない恰好《かっこう》をしていることに、大いなる矛盾を感じていたが――それと同時に、すべてを曝《さら》けだして彼の物になる悦《よろこ》びも感じていた。

「あ、ぁ、あ、ぅ……っ」

「……懐かしい反応だな。とても可愛い」

「――あ、ぁ……や、そんなに、したら……っ」

「お前が精通を迎えた時のこと、今でもよく憶えている」

天遊は後孔と会陰を繰り返し舐めながら、前立腺を指で何度も突いてきた。

今にも達してしまいそうで、紳蘭は自分の体を制御できずに身悶える。

睾丸を失ったことで性欲が減退した挙げ句に、不感症に陥っていた紳蘭は、どんな刺激を受けても生理的に勃起するばかりで、オーガズムに達したことなど一度もなかった。

「――う、う――ッ……！」

唾液《だえき》でぬるつく指で痼《しこり》を揉《も》み解《ほぐ》されると、ろくろく言葉も出なくなる。

指の動きは次第に速くなり、挿入される指はいつの間にか増えていった。

三本もの指が肉洞の中を蠢《うごめ》き、そのすべてが性感帯を狙《ねら》い澄ましている。

「や、あ、ぁ……い、いぃ……ッ！」

体内で劣情が飛沫《しぶき》を上げ、性器がびくんと奮い立つ。

鈴口から精液が出なくとも、かつて吐精した感覚を思いだすことはできた。

雲に乗って浮遊するような解放感……あの甘い悦びが、時を超えて蘇る。

王瑠の前で散々演技をしてきたが、そんなものとは格段に違っていた。

――頭の中……真っ白に……。

快楽の彼方に見えた世界は、最初は白く、やがて桜色に変化する。

ここが藍華禁城の内城だということを、忘れてしまいそうだった。

西華苑の彼の屋敷で、桜を見ながら睦《むつ》み合っている気がしてくる。

夜桜の下には虎空が寝そべっていて、いつの間にか背中に積もった桜の花弁をぶるぶると身を震わせて払っていたりするのだ。

——このまま飛んでいきたい……魂になって、あの屋敷でも大和でもどこでも、思うまま飛んで……雲の上から貴方を見守っていられたらいいのに……。

気を失いかけた刹那《せつな》、後孔に生温《なまぬる》い物を垂らされる。

現実に戻された紳蘭は、夢うつつの中で瞼《まぶた》を持ち上げた。

後孔の表面や内部に塗り込められているのは、これまで注がれた天遊の唾液よりは冷たく、しかしもっとねっとりとした感触の物だ。

「天遊、様……それは……」

「ただの香油だ。心配しなくていい」

「——は、ぃ……」

天遊はすでに衣服を脱いでおり、奮い立つ陽物が天を仰いでいた。

それを目にした途端、紳蘭の顔は春情に染まる。

三十二歳の天遊の体はまさに男盛りで、生命力に満ちていた。

お前を抱きたい、愛したい——そう訴えてくる力強い陽物を見ているだけで、今の自分がどれだけ幸せかを感じられる。気を失わずに済んでよかったと思った。もしもそんなことになっていたら、独り善がりで終わってしまう。

天遊に愛されることも彼を悦ばせることもなく終わるなんて、そんなのは嫌だ。

今は身も心も欲望でいっぱいで、彼のすべてが欲しくなる。

「天遊様……私を、貴方の物にしてください」

「ああ、紳蘭……頼まれなくてもそうする。お前をこの手に取り返す」

天遊は感極まった様子で言うと、紳蘭の膝裏を一際高く持ち上げた。

寝台に膝立ちしている彼の陽物の位置は高く、紳蘭が腰を思いきり浮かせなければ繋がることは叶わない。

雄々しい陽物の先端が後孔に触れた瞬間、紳蘭は瞼を閉じそうになったが、こらえて彼の顔を見上げていた。自分を抱く男が誰であるかを、しっかりと見届ける。

天遊は抱えた白い両足を自らの肩にかけ、少しずつ身を沈めてきた。

「――つ、あ……ぁ、あ……天遊様……ぁ……！」

「相変わらず綺麗《きれい》で、可愛い声だ。とても艶やかで、そそられる……ッ」

天遊は息を詰め、張り詰めた怒張を紳蘭の肉孔に挿入する。

ズプズプと音を立てながら、著大な肉の塊が入ってきた。

誰かの物になる感覚、誰かを手に入れる実感。それをこれほど生々しく感じられる行為が他にあるだろうか。愛する男の体の一部が、自分への愛情故に熱く硬く変化して、本来なら秘めるべき所に入ってくるのだ。

「や、あぁ……ん、う、ぁ……！」

「──ッ……ハ……！」

香油の力を借りながらも、肉と肉が摩擦し合う。

くっきりと大きく張りだした天遊の亀頭《きとう》の感触が、体の中に明確にあった。

あれほどの物を本当に呑み込んでいるのだと思うと、快楽と共に感動すら覚える。

「や、ぁ……いぃ……っ」

「紳蘭……っ、紳蘭！」

「あ、あぁ……！」

天遊はこらえ切れない様子で腰を動かし、紳蘭の体を激しく穿《うが》った。

両足を肩に抱えながら、ゴツゴツと筋骨がぶつかり合うほどの勢いで突いてくる。

宙に浮いた後孔からは、天遊が零す先走りの蜜と香油が飛沫いた。

白い双丘や太腿《ふともも》が、夥《おびただ》しい滴《したた》りで瞬く間に濡れていく。

深く繋がるたびに、紳蘭は悲鳴に近い嬌声を上げた。最奥を突かれると一たまりもなく、声にならない声を上げて、二度目の絶頂を迎えてしまう。

「──っ、あ、あ──ッ！」

「……ッ、ハ……ゥ……ッ」

天遊も共に達したが、しかし彼はものの数秒も止まらなかった。

ずっしりと重たい精液を放ったかと思うと、紳蘭の足を左肩に揃《そろ》えて纏め、それらを抱きかかえるようにしながら抽挿を再開する。

「ひ、あ、ぁ……や、ぁ……！」

「——っ、紳蘭……お前の中は、なんという心地だろう……」

これでは終われそうにない——と、掠れた声で続けた天遊は、その言葉通り延々と紳蘭の体を突く。射精した直後の陽物にさらなる摩擦を与えながら、紳蘭の足をきつく閉じさせ、より窄《すぼ》まる後孔に溺れていた。

「天遊様……っ、あ……もっと、中に……ッ」

「……ッ、ゥ……紳蘭……！」

紳蘭の体は天遊の精液で満ちていき、溢れだしたとろみは双丘の間を抜けて背中へと回り込む。いっそのこと、体内も肌も髪さえも精液で浸して、解毒してほしかった。そうすればいくらか穢れが落ちる気がして、紳蘭は「もっと、もっと……」と、夢中で求める。

「天遊様……愛しています……っ、天遊様……！」

「紳蘭、愛している……絶対に、お前を放さない……！」

二度目の射精と同時に、天遊は紳蘭の体に覆い被さる。

無我夢中で紳蘭の唇を吸い——紳蘭もまた、天遊の体を掻き抱きながら唇を吸った。

雨の音がして気がつくと、寝台の上に横たわっていた。

頭が重く感じて起き上がれなかった紳蘭は、無意識に手を伸ばす。

夢うつつではあったが、天遊と睦み合ったことだけは明瞭《めいりょう》に憶えていた。

一夜のうちにいったい何度愛し合ったのか――途中からは気を失ったり目覚めたりを繰り返していたようで、はっきりしない部分がある。

それでも確かに愛し合い、何度も何度も「愛している」と告げられ、「愛しています」と返すことができた。短い人生だったが、締め括りとして最高の夜だったのは間違いない。

「……ぅ、ん……」

やはり頭も体も重くて、一度は上げた瞼が落ちてしまった。

傍らに天遊が眠っていることを信じて手探りで捜すと、滑らかな毛皮に行き着く。

貴族は毛皮や絹を好んで使うため、別段珍しい感触ではないものの……何かおかしかった。

その毛皮はとても温かく、そして肉の感触があり、動いている。

「――ッ！」

がばりと身を起こすと同時に、「グル」っと鳴かれた。

薄明りの中で青い瞳が輝き、銀毛交じりの白い毛が艶めく。

思わず「ひぅっ」と妙な声を上げそうになったが、腹毛を見せながら寝そべる獣が何者であるかを察したため、辛うじて抑えることができた。

「こ、虎空？」

七年ぶりに目にした大きな虎の姿に、紳蘭の心臓はけたたましく鳴る。

傍らに寝ていたのは天遊ではなく、彼が可愛がっている白虎の虎空だった。

七年前、紳蘭が狼《おおかみ》の剝製《はくせい》の臭《にお》いを嗅《か》がせた時は威嚇した虎空だったが、今は隣に寝ながら懐いてくる。大きな頭をすり寄せてきて、「グルグル」とさらに鳴いた。

「虎空……久しぶりですね、元気そうでよかった」

相変わらず手入れの行き届いた美しい被毛を撫でた紳蘭は、虎空の首に手を回す。

天遊の姿はなかったが、虎空がいるだけで随分と癒された。

昔もよくこうして、彼が来られない日を虎空と共にすごしたのだ。

「あ……」

虎空の首に抱きついた紳蘭は、彼の首輪を目にすると同時に、自分の腕に嵌められていた三色真珠の腕輪に気づく。正確には、そこに結びつけられていた手紙らしき物に気づいて、すぐさま姿勢を正して紙を解《ほど》いた。

――天遊様、いったい何を？

紐のように細く折られて結ばれ、文《ふみ》と呼びたくなる風情の紙には何が書いてあるのか、肝心の天遊は今どこでどうしているのか——気になって焦るあまり上手く手紙を開けなかった紳蘭は、それを一旦シーツに押しつけ、掌《てのひら》と指を使って思いきり広げる。

そこには、流麗な大和文字が墨で書いてあった。

頭には、『最愛の人　宋紳蘭へ』とあり、続くのは至極短い文章だ。

『これから何が起ころうと、私を信じて耐え忍んでほしい。くれぐれも自害などせずに、私を待っていてくれ。

紳蘭、君を永遠に愛している。』

力強く美しい文字で書かれた三行の文章のあとに、『宋天遊』と署名があり、その文字を見ていると天遊の顔がくっきりと浮かび上がった。

彼の声が聞こえてきて、この手紙に書かれた文章を耳元で読んでくれる。

——天遊様……！

紳蘭は手紙を自分の胸に寄せ、彼の気持ちを我が身に取り込む。

心ときめかせている場合ではないというのに、まだ子供だったあの頃のように天遊のことばかり考え、彼が与えてくれるすべてを宝物のように感じた。

「グウッ」

天遊の匂《にお》いでもしたのか、手紙を抱く手に虎空が懐いてくる。

思わず微笑んだ紳蘭だったが、虎空の顔を見ているうちに自分が置かれている状況にようやく気づいた。虎空がいるということは、ここは藍華禁城ではない。天遊は虎空を西華苑の別邸から出さないため、ほぼ間違いなく、西華苑の外れにある大和桜の咲く屋敷だ。

──どうして……っ、そう簡単に内城を出られるはずがないのに！

光源の少ない室内を見渡した紳蘭は、ここが記憶と合致する寝所であることを確認する。かつて何度もこの部屋で愛し合ったのだ。身を繋ぐまではしなかったが、今でも目に焼きついている。天蓋の裏側にある刺繍《ししゅう》すらも懐かしく、忘れる道理がなかった。

「天遊様……！」

紳蘭はわけもわからず寝台から下りると、着ていた絹のガウンを引き寄せて扉を開ける。やはり見覚えのある廊下があり、そこから縁側に向かうと雨の音が大きくなった。

庭には満開の大和桜──濡れてはいるが、それによって散る時期ではない。雨の重みでしなだれながらも、花弁はまだ力強く粘っている。

「──紳蘭様、お目覚めでしたか」

朱色に塗られた柱の向こうから、落ち着いた男の声がした。

振り返ると、天遊の側近の張黎樹《チャンリーシュ》が現れる。以前は二十代の若者だった彼も、今は三十を過ぎただろうか。しかし以前と変わらぬ優男ぶりで、紳蘭に向かって丁寧に一礼した。

「黎樹さん、お久しぶりです。お元気そうで何よりです」

天遊はどこへ行ったのか、できることなら縋《すが》りついてでも早く聞きだしたかった紳蘭は、お決まりの挨拶《あいさつ》を済ませると、自ら距離を詰めて黎樹の目の前に立った。

「天遊様はどちらに行かれたんですか？　どうして私がここに？」

訊きたいことは山ほどあった。気を失っている間に運ばれたにしても、元々いた場所が藍華禁城の内城だったことを考えると実に不自然だ。藍華禁城はもちろん、西華苑にも衛兵はいて、気を失った星歌手を……それも皇帝の愛妾である紳蘭を連れた天遊が、速やかに門を通過できるはずがない。彼が近衛連隊の副隊長であろうと、そう簡単な話ではないのだ。

「天遊様は今頃、劉家の屋敷で捕物《とりもの》の最中でしょう。そろそろ時間ですから」

洋装姿の黎樹は、そう言って東の方角を指差した。

劉という名と、捕物という言葉に紳蘭は耳を疑い、そして雨空を見上げる。

薄暗いので早朝だと思い込んでいたが、黎樹の話が事実だとすると今は夕方だ。あれから夜が明けて日没が過ぎ、劉家の四人が藍王瑠《ランワンリウ》と繋がった左翼主義者に襲われる時間が迫っている。そろそろ始まる捕物とは、それらを未然に防ぐという意味に違いなかった。

「頃合いを見計らって、私は天遊様と合流します。状況がわかり次第こちらに戻ってお伝えしますので、紳蘭様はこの屋敷から動かないでください。これは天遊様の絶対命令です」

「……もしや、天遊様は……私に薬を？」

自然にこれほど長く眠るわけがないと考えた紳蘭は、問いながらも確信を持つ。

完全に意識がなければ、藍華禁城から人一人運びだすのもいくらか楽だっただろう。

人間として連れだしたのではなく、軍用品に忍ばせるか、衣装箱か何か大きな物に詰めて物として扱えば、ここまで連れてくるのも不可能な話ではない。

「紳蘭様、天遊様は貴方に罪を着せたくないとお考えです。しかしこの捕物が上手くいったところで、劉家を襲撃する実行犯が左翼組織と王瑠殿下との関係を知っているとは限らず、知っていても素直に吐くとは思えません。拷問によって吐かせても、確たる証拠がなければ第一皇弟に罪を着せるのは難しいのです」

「それは重々承知のうえです。ですから、録音データを……天遊様にお渡しした音声証拠を使ってほしいんです。あれさえあれば、もし仮に何も事が起きなかったとしても王瑠殿下を弾劾《だんがい》できます！」

「天遊様は、貴方から預かった物を使いたくないと仰《おっしゃ》っていました。あれは紳蘭様の存在があってこそ成り立つもので、あれを表に出して王瑠殿下を弾劾するなら、確実に貴方も罪を被ることになってしまうと、酷く悩んでおられました」

黎樹の言葉を聞き終えた紳蘭は、先程目にした天遊からの手紙を思いだす。

『これから何が起ころうと、私を信じて耐え忍んでほしい』『くれぐれも自害などせずに、私を待っていてくれ』と書いたのは、何が起きるか彼自身にもわからないが、何が起きても助けてみせるから、早まらずに耐えて待っていてくれという意味なのかもしれない。

「よくあることですが、左翼主義者は捕まりそうになるとすぐに毒を飲んだり自爆したり、首を掻っ切ったりと、とにかく速やかに自害します。捕縛のあとの拷問は屈辱的で……人権など微塵もない凄惨《せいさん》なものですから、それを避けるために自害するんです。天遊様は劉家に潜んで見事捕物を終えるでしょうが、自害を防げるかどうかはわかりません。上手く防いで自白に持ち込んでも、王瑠殿下が知らないと言い張ればそれまでです。生憎と、皇帝陛下は王瑠殿下をそれなりに評価していますから。……主に大和のことで」

大和のことで——と言われ、紳蘭の表情は険しくなる。

王瑠が大和総督として長きに亘り君臨し、藍華帝国側から高い評価を得ていることくらい嫌というほどわかっていたが、それを耳にすると反射的に青筋が立った。

「王瑠殿下は王子の時代に大和総督になり、恐怖政治で大和を支配しました。強引なやり方ではありましたが、大和人は王瑠殿下を通じて藍華帝国の恐ろしさを知り、震え上がって屈服した。紳蘭様にとっては納得し難いことだと思いますが、我が国から見れば、王瑠殿下は高い功績をあげた優秀な指導者です。皇帝とは異母兄弟なのであまり仲はよくありませんが、皇帝は大和総督としての王瑠殿下の手腕を買っています」

「そんなこと、言われるまでもなくわかっています。ですから天遊様に渡した証拠を使ってほしいんです。いくら皇帝陛下が王瑠殿下を評価していても、陛下や、皇太子殿下の御命を狙っているのが明らかであれば放ってはおけないはずです！　これまでの『功績』とやらは覆《くつがえ》され、『優秀な指導者』とやらは確実に処刑台に送られる！　あの音声データには、あの男を確実に失脚させるだけの力があります！」

激昂《げきこう》した紳蘭は、自分の本音を明確に口にする。

計画の途中で怖くなって裏切ったのではなく、最初から藍王瑠の失脚を狙い、そのうえで会話を録音していたことを認めているも同然だったが、なりふり構っていられなかった。

天遊が、紳蘭を庇《かば》うため――という理由であの証拠を握り潰したら、すべてが中途半端に終わってしまうだろう。

貴族の屋敷を襲撃しようとした左翼主義者が逮捕されるだけ……ただそれだけで終わって、王瑠はこれからも大和総督として大和の地を踏み躙ることになる。

そんなことは耐えられない。なんのためにこの七年間、憎い仇に抱かれてきたか、あんな男に偽りの愛を語ってきたか、何もかもわからなくなってしまう。

「黎樹さん、これから天遊様に会うなら必ず伝えてください。私が望むことは生き長らえることではなく、憎き藍王瑠を地獄の底に落とすことだと……そう伝えてください！」

紳蘭は必死に叫ぶと、床に両手と膝をつく。この屋敷から出してもらうのが無理ならば、今は黎樹に頼るしかなかった。迷っている天遊の背中を、確実に押してほしい。

嘘の筋書きは作り直せば済むが、王瑠を叩き落とすのは今だ。

一日だって引き延ばしたくない。

あの男が大手を振って生きていることがどれだけつらいか、言い表せない苦痛があった。

その苦痛は、天遊に抱かれたからこそ増している。憎い男に抱かれ続けたおぞましさは、清められたことで一層生々しく感じられるものだった。

「頭を上げてください。貴方はもう貴族で、誰もが憧れる星歌手になられて……私も貴方の一ファンとして、以前はあまり興味を持っていなかった歌劇にどれだけ夢中になったことか。天遊様だけではなく私も、貴方を罪人になどしたくないんです」

黎樹は慌てた様子で膝をつき、肩に触れてくる。虎空まで鼻先を肩に寄せてきて、「顔を上げろ」と言っているかのようにぐいぐいと強く押してきた。

「紳蘭様のお気持ちは、天遊様に必ず伝えます。すでにわかっていらっしゃると思いますが、改めて伝えます。ですからどうか……天遊様を信じてここで待っていてください」

目を潤ませながら言い聞かせてくる黎樹に、紳蘭は「はい」と答える。

それ以上何か口にしたら涙声になりそうだったが、「どうかお願いします」と続けた。

感情に任せて仮面を壊してしまったが、そうしただけの意味があるように、今はただ祈るしかない。天遊がこの胸にある苛烈《かれつ》な復讐心を汲《く》み取り、あの音声データを予定通り使って王瑠を確実に葬ってくれることを――呪《のろ》うように祈った。

黒い長袍に着替えた紳蘭は、西華苑屋敷の中を隈《くま》なく歩く。

見張りの男が二人ついていたが、じっとしていられずに廊下を何度も行き来したり、雨が止んでからは庭に出て、濡れ桜を眺めたりもした。

虎空と共に懐かしい屋敷を見て歩きながら、天遊が戻ってくるのを待つ。

煌めく桜色の過去に触れることで、嘘で固め尽くした黒い自分がつくづく嫌になったが、それでも新たな嘘を組み立てていた。

最初から復讐するつもりで藍王瑠の傍にいたことは、絶対に天遊に知られてはならない。

それが明らかになってしまったら、間違いなく彼を苦しめるからだ。

——私は愚かにも王瑠殿下との危険な関係に溺《おぼ》れて、皇帝陛下の愛妾でありながら不義を働いていた。けれども三月二日の朝……天遊様と久しぶりにお会いしたことで、真実の愛に気づいた。その時点で王瑠に冷めた私はあの男が邪魔になり、親の仇として激しく憎んだ。そして王瑠を失脚させるために皇帝暗殺を嗾《けしか》け、密談の音声を録音した。

天遊に対して語るべき新たな嘘を頭の中で整理した紳蘭は、同時に、逮捕後に罪人として語るべき嘘も用意する。

まともな裁判があるかどうかはわからなかったが、もしあるとしたら、そこで天遊の名を出すわけにはいかない。天遊への恋心が皇帝暗殺計画に繋がったと取られると、彼に迷惑がかかる可能性があるからだ。

――上手くやらなくては……先程のように自分を剝きだしにしてはいけない。私は最後の舞台を完璧に演じきる。天遊様に対しても裁判官に対しても、完璧に――。

思い出が詰まったレッスン室に足を踏み入れた紳蘭は、ここから始まった演技指導を思い返しながら、他人に成りきることを意識する。

星歌手、宋紳蘭に大和人だった過去はない。

逆賊遺子であったことも、大和の特殊孤児院から来たことも、天遊が揉み消してくれた。

彼から与えられた藍華人としての経歴がすべてであり、宋紳蘭は何かと世話をしてくれた天遊を裏切って、出世のために藍王瑠を選んだ強かな人間だ。

高い声と女性的な美貌を維持する目的で自ら睾丸切除の手術を受け、王瑠の推薦を受けて宮廷歌劇団に入団。最速で星歌手の座を摑むと、三年後には第一星歌手に上り詰め、皇帝の愛妾となって貴族位を手に入れた。

それだけで満足していればよかったものを、性欲を満たしスリルを愉《たの》しむために、王瑠に誘われるまま不義を重ねて、皇帝暗殺計画に加担する。しかしいざとなると恐れをなして、かつて世話になった天遊に罪を告白すると共に、王瑠の甚《はなは》だしい不忠について密告した。

――それが私のしたこと。私は、そういう人間。

レッスン室で深呼吸を繰り返した紳蘭の横で、虎空がぴくっと耳を立てる。

そうして突然走りだす姿もまた、懐かしいものだった。

天遊が帰ってきたのだとわかり、紳蘭はもう一呼吸してから扉に向かう。

見張りの二人と共に縁側に面した廊下に出ると、桜並木の向こうから無数の人影が見えてきた。重なる足音の幻聴が、耳の奥で木霊《こだま》する。

物々しい空気を感じ取ったのか、虎空は軒下で脚を止めて唸っていた。

集団の先頭にいるのは真紅の軍服姿の天遊だったが、その後ろには軍人と警察、さらには官士まで交ざっており、総勢十名を超えている。

「宮廷歌劇団第一星歌手、宋紳蘭」

泥濘《ぬかるみ》の中を歩いてきた天遊が、書状を掲げた。

長かった復讐の日々は、これでようやく終わるのだろうか。

藍王瑠がどうなったのかを聞くまでは油断できないが、少なくとも、この胸に滾《たぎ》る想いを天遊が理解してくれたことは、間違いないと思われた。

「――はい」

「皇帝反逆罪及び皇帝暗殺未遂容疑で、身柄を拘束する」

天遊が告げると同時に、警察官が動きだす。

紳蘭は縁側に立ったまま微動だにせず、彼らにすべてを委《ゆだ》ねた。

三色真珠の腕輪を嵌めていた左手首に、黒い手錠をかけられる。

やけにずしりと重たく感じられ、否応なく終幕を痛感させられた。

一見は華やかだった星歌手としての人生の幕が下りたことを自覚しながら、紳蘭は天遊の顔を見据える。

庭に立つ彼は一段低い位置から自分を見上げており、その表情は悲憤に満ちていた。

到底納得できないと言いたげではあったが、しかし瞳は爛々《らんらん》と輝いている。

あの手紙に書かれた文章を、紳蘭に思いださせる強さがあった。

「第一皇弟藍王瑠殿下も、同容疑で先程拘束された」

天遊の口から放たれた言葉が、紳蘭の耳を鋭く突く。

待ち焦がれていた瞬間にもかかわらず、俄《にわか》には信じられなかった。

耳にした言葉を一つ一つ嚙み砕いて、よく確かめてから胸の底へと落ち着かせる。

「……あ、ぁ……っ」

その途端、堰《せき》を切ったように涙が溢《あふ》れた。七年分の涙は、手錠にも負けないほど重い。

自由になる手がなくなった今、紳蘭は顔を覆うこともできず――舞台ですら見せなかった泣き顔を人目に晒した。

「ご迷惑を、おかけして、申し訳ありませんでした」

酷く震えた涙声で謝罪しながら、紳蘭は庭に下りる。

観客にそうする時と同じように、天遊に向かって深々と御辞儀《おじぎ》をした。

13

地下牢《ちかろう》は下水臭く、四月とは思えないほど寒々しい。

与えられる食事は具のない饅頭《マントウ》が一日二個と、出汁《だし》を取ったあとの鶏がらのみだった。

飲料水はふんだんにあるものの、カルキ臭くて飲めたものではない。

独房に拘束されて二日目——断食を続ける紳蘭は囚人として髪を短く切られ、麻袋に穴を開けた粗末な貫頭衣《かんとうい》を着せられていた。環境はよくないが、常に近衛隊員が見張っていることもあり、囚人に対して暴力や凌辱行為を働くと噂されている看守らが房に近づくことはない。罵声《ばせい》を浴びることもなく、静かに判決を待てることがありがたかった。

外で何が起きているのかはわからないが、紳蘭はいくつかの出来事について近衛隊員から聞かされている。

宋天遊が劉家の人々を救い、左翼主義者八名の身柄を拘束したこと。そのうち六名は歯に仕込んでいた毒で自害し、残る二名は拷問にかけられても藍王瑠《ランワンリウ》の名を出さなかったこと。

おそらくは格下の人間で、王瑠との繋がりを知らなかったのだろう。その結果——王瑠を失脚させるには、クーデターの動機と計画が明らかになる音声データを証拠として使用するしかなくなり、天遊は、紳蘭と王瑠による皇帝暗殺計画を白日の下に晒した。

それにより劉家襲撃の目的と、王瑠と左翼主義者の繫がりが明白になり、王瑠は皇帝暗殺計画を企《くわだ》てただけではなく実行に移したとして、より重い罪に問われた。

しかし皇帝の恩情により、死罪は免れたと聞いている。二度と表舞台に返り咲けぬよう、両目を刳《く》り抜かれたうえで永久禁錮《きんこ》という罰を受けた王瑠は、元王族が収監される独房で、これから先の人生を惨めにすごさなくてはならないのだ。

「宋紳蘭、其方の刑が確定した」

鉄格子の向こうに現れた官士は、下水臭さに耐えきれぬ様子で口を押さえる。

裁判を行わないまま刑罰が決まったことを知った紳蘭は、黙って立ち上がった。

十年前に処刑を言い渡された時の両親の心境を思う。

さぞや無念だったことだろう。けれども今の自分のように、凪《な》いだ心で聞いていたのではないだろうか。両親は目的を完全に果たすことはできなかったが、目指したものに向かって突き進んだ結果散ったのだから、大和人として本望だったはずだ。

「皇帝反逆罪及び皇帝暗殺未遂により、明朝、死罪に処す」

独房に官士の声が反響し、頭の中でも同じように響き渡る。

覚悟はできていたはずなのに、現実は重たい。

もう二度と、天遊に会えないのだと思った。

こんな見苦しい恰好で彼に会いたいとは思わないが、だからといって二度と会いたくないわけではない。失った時間を埋めるほど長く傍にいて、いつまでも愛し合いたいと、死罪を宣告されてなおさら思う。

――天遊様と一緒にいる選択肢もあったのに……私は何よりも復讐を優先してしまった。

そして天遊様を傷つけ、苦しめた。

あの音声データを天遊に託したことを、紳蘭は後悔していた。

彼の手柄にしてほしいと願ったのは、自分の勝手な都合だ。

いくらか冷静になった今ならわかる。あれは無関係な第三者に託すべきもので、天遊ではない誰かの手によって、この結果に導いてもらうべきだったのだ。

あんな物を託されたがために、天遊はどれだけ心を痛めたことだろう。

「明朝、処刑の前に囚人藍王瑠に面会せよ。元殿下のたっての願いだ」

官士の言葉に、紳蘭は微《かす》かに「え?」と声を漏らし、そのあとすぐに息を呑んだ。

吸い込みたくない臭い空気を思いきり吸い込んでしまう。

王瑠に再び会うなど考えたこともなく、それは肉体ではなく心に与えられる拷問のように感じられた。

――天遊様が負った痛みに比べれば、それくらいなんでもないけれど……。

紳蘭は鉄格子の向こうに立つ官士に、「はい」と答える。

死を前にして、王瑠に詰《なじ》られる覚悟を決めた。

装飾品も沓《くつ》もなく、長かった髪は切られ、麻袋のような服一枚という姿で、紳蘭は元王族専用の独房に向かう。昨夜は一睡もできなかったうえに、何日も風呂に入っていない体には下水の汚臭が染みついていた。

百年の恋も冷めるような恰好だが、王瑠はすでに目を刳り抜かれ、何も見えない。己を裏切った愛妾のみっともない姿を、嘲笑《あざわら》うことすらできないのだ。

「この扉の先には独りで進め。だが鉄格子の前の赤い線より先に踏み込んではならん。目が見えないとはいいえ相手は武闘家だ。近づいたら首を絞められて殺されるぞ」

「はい」

「其方の処刑は一時間後、服毒刑と決まっている。刑は確実に執行されなければならん」

「はい、承知しております」

処刑法については、昨夜のうちに告げられていた。

最初に耳にした時は、あらゆる惨い刑罰を意味する毒刑の間違いではないかと思ったが、毒刑ではなく、服毒刑だと言い渡された。

服毒によって苦しむことなく眠るように死ねると言われており、藍華の処刑法の中では、もっとも軽いとされている。別名、安楽処刑とまで呼ばれるほどだ。

いくら密告により計画を未然に防いだ酌量減軽があるとはいえ、皇帝暗殺に深く関わった主犯格の罪人に対して、服毒刑が下されるのは奇異なことだった。

紳蘭が皇帝の愛妾であろうと、歌手として寵愛を受けた第一星歌手であろうと、貴族位を持っていようと、これほど甘い処分は期待できない。どう考えても、皇帝と皇后の覚えが目《め》出度《でた》い宋天遊の口添えがあったとしか考えられなかった。

腕輪に結びつけられていた手紙の通り、彼は精いっぱい力を尽くしてくれたのだろう。死は避けられなかったが、おかげで自分は、拷問を受けることも凌辱されることもなく、安らかに逝くことができるのだ。

「参ります」

鉄扉を自ら開けた紳蘭は、日の出過ぎとは思えないほど薄暗い通路を進む。裸足《はだし》で石床を踏むと、冷たさが骨まで染みた。

膝が震えるのが冷えによるものなのか恐怖によるものなのか、見極めるのは難しい。かたかたと音を立ててしまいそうで、自分の足とは思えないほどの違和感があった。

――ここが、藍王瑠の最後の住処《すみか》。

通路の奥の鉄格子に近づいた紳蘭は、石に引かれた赤い線の前で足を止める。

元王族専用の独房と聞いて、大和にある畳敷きの座敷牢に近い物を思い浮かべていた紳蘭だったが、実際にはそれほどよい物ではなかった。

広さは通常の独房の二倍程度。床の大半は敷物で覆われているものの、絨毯《じゅうたん》と呼べるほど贅沢な品ではない。寝台と机、書棚、湯浴みのための洗い場が用意されているあたりは特別仕様に違いないが、以前の暮らしぶりと比べると甚だしい凋落ぶりだった。

「王瑠様」

椅子に腰かけていた王瑠は、紳蘭の声を聞くなり顔を上げる。

立ち上がることはなく、目元に包帯を巻かれた姿で鉄格子の方を向いた。

「紳蘭、その声は紳蘭だな」

白髪交じりの髪も、自慢の口髭も乱れ、元々髭の濃い顔は無精髭だらけだった。

顔色は悪く、拘束されてまだ三日目だというのにげっそりと痩せた印象を受ける。

「はい、紳蘭です」

汚れた藍華装を身に纏う王瑠の姿を見据えながら、紳蘭は己の心に曇りを感じた。

死罪にこそできなかったものの、絶望を味わわせることはできた。これで彼が大和に行くことはなく、帝に無礼を働いたり、大和人を無闇矢鱈《むやみやたら》に処刑したりすることもない。

本来なら自分の心は晴れて然るべきだ。

しかし実際には曇るばかりで、心を覆う暗雲の正体は罪悪感や憐憫《れんびん》に違いなかった。

この七年間、絶えずこの男を憎み続け、必ずや地獄に落としてやると呪い続けていたのに、実際に落とすとこんな気分になるものだとは……あまりにも予想外だ。

「紳蘭……昔、惚れた女がいたと話したのを憶えているか？」

「――っ」

王瑠は紳蘭の裏切りを知っているはずだったが、唐突に昔話を始める。

いきなりのことでついていけなかった紳蘭は、動揺して顔を引き攣《つ》らせた。

この裏切り者めと罵られることばかり考えていた紳蘭には、たった一言「はい」や、「憶えています」と答えるのも困難で、ようやく「はい」と口にできたのは、顔の強張りがいくらか取れてからだった。

「私がその女に出会ったのは、大和政府が瀕死ながらに生き長らえていた頃だ。私は隣国の王子として大和に行き、晩餐《ばんさん》会でその女を一目見て惚れ込んだ。その夜以来……それまではやる気のなかった大和語を、必死になって学んだものだ」

「……っ、大和人の女性、だったのですか？」

「そうだ。元華族の……それも公家の血を引く元公爵家の令嬢だ。私は彼女に夢中になり、大帝国の王子という立場を利用して求婚した。大和政府を介した形ではあったが、彼女にも直接想いを伝え、私なりに誠意を見せた。私の思い違いでなければ……彼女もまんざらではない様子だった」

王瑠が愛した女性が大和人だったとは夢にも思わず、紳蘭は赤い線の上に立ち竦みながら息を殺す。

語られる昔話がめでたしめでたしとはいかずに過酷な展開を迎えることは、この先を聞くまでもなく察しがついた。わからないのは、王瑠が今こんな話をする理由だ。

「藍華帝国に阿《おもね》るばかりの大和政府は、彼女に対し藍華に嫁ぐよう勧めたが、その相手は、いつの間にか私ではなくなっていた」

王瑠はそこまで語ると、一度大きく息を吐く。

目元の包帯から覗く眉《まゆ》が眉間に寄り、額《ひたい》の筋肉ごと波打つように動いていた。

「彼女を有効利用しようと考えた政府は、父に働きかけ、兄との縁談を纏めたのだ」

「……っ、皇帝陛下？」

「当時はまだ皇太子だった兄は、私が彼女に懸想していることを知りながらも、彼女を第二夫人として迎えた。兄と結婚するに当たって、彼女が何を考えていたのかは知る由もない。後宮に入ったあとは顔を合わせることなどできないからな。ただ一つわかっているのは……その後の彼女は決して幸福ではなかったということだ」

王瑠は椅子から立ち上がると、両手を前方に伸ばしつつ鉄格子に向かって歩いてきた。

愛した女性について語る声には力が入り、眉は一層きつく寄せられていたが、あくまでも昔の話として語っているのがわかる。それなりに冷静で、さほど感情が昂《たかぶ》っているようには見えなかった。

「彼女は首尾よく王子を出産したが、噂によると、当時の皇太子妃に暗殺され……それから王女を産んだものの、皇太子妃や皇后に虐《いじ》め抜かれた彼女は自害した。自ら首を掻っ切って死んだのだ」

紳蘭は王瑠の言葉に何も返せなかったが、頭の中に一つの名前を浮かび上がらせていた。

紳蘭の生家である花東《はなあずま》家と、遠縁に当たる蝶之宮《ちょうのみや》家——紳蘭がこの世に生まれる数年前に、元公爵蝶之宮家の令嬢が藍華帝国の皇太子に嫁いだ話はあまりにも有名だった。

自害は初耳だが、王女を残して病で早世したと聞いたことがある。

「私は兄を憎んだが、それ以上に大和を憎んだ。あの小さな島国が……この藍華帝国の第二王子であった私を軽んじるような真似をしなければ、彼女は多くの子に囲まれて今も生きていただろう。私は彼女さえ手に入るなら、愛妾も何も要《い》らなかった。自ら進んで大和総督の座に就くこともなければ、大和人を虐《しいた》げて憂さ晴らしをすることもなく、其方の両親の首を刎ねることもなかったやもしれない」

「——っ、王瑠様……！」

包帯に隠れている瞼の向こうに、鋭い眼球があるような気がした。

お前が隠しているすべてを知っていると突きつけてくる視線は、幻とは思えないほど存在感がある。包帯の上からでも瞼の凹《へこ》みがわかり、その先に眼球がないことは確かだったが、それでも視線を感じた。

「いつから、ご存じだったのですか？」

「四年前、兄が其方を愛妾にすると言いだした時だ」

「四年も前に⁉」

驚愕する紳蘭に向かって、王瑠は口角を少しばかり上げてみせる。

落ちぶれた外見では優越とも嘲笑とも取れない笑みだったが、紳蘭の焦燥《しょうそう》は弥増《いやま》した。

「其方の経歴は事前に調べてあったが、特に問題はなかった。だがより詳しく調べて問題を見つければ、其方を兄に奪われずに済むかと思って調べさせたのだ。その結果、其方が西華苑劇場に姿を見せるようになった少し前に……大和人の逆賊遺子の少年が宋天遊の側近宅に引き取られ、行方知れずになっている事実が判明した」

「……っ」

「大和に行った際に詳しく調べさせると、大層美しく歌の上手い少年だったという。写真はすべて処分されていたが、人の記憶には残っていた」

鉄格子を挟んで紳蘭の正面に立った王瑠は、やはり落ち着き払っていた。

もう二度と表舞台には出られないことを承知のうえで、見苦しく気を昂らせることはなく、諦念《ていねん》の末に王族らしく振る舞うことを選んだように見える。

「私は其方の正体を兄に話したが、兄は宋天遊から聞いているというばかりで取り合わず、逆賊遺子を傍に侍《はべ》らせることに危機感を示すこともなかった。結局、其方の正体がわかったところで状況は変わらなかったのだ」

王瑠の口から明かされる事実に、紳蘭は驚きのあまり言葉を失う。

自分が大和人であり、そのうえ逆賊遺子であることを、皇帝まで知っていたとは終《つい》ぞ思わなかった。常識的に考えれば、そんな人間が皇帝の愛妾に取り立てられるわけがない。

愛妾とは名ばかりで実際には皇帝の顔すら見ることなく、御簾の向こうに呼ばれることも肌に触れられることもなかったが、その謎《なぞ》の理由は出自にあったのかと思えてきた。

それにしても何故、天遊は皇帝に紳蘭の出自を話したのか——あとで発覚した際に問題になるのを防ぐためとも思えるが、愛妾になるどころか、宮廷歌劇団から追放されても文句は言えないほど危険な事実だ。天遊が紳蘭を皇帝の愛妾に推薦していたことを考えると、予め逆賊遺子だと話すのは甚だ不自然に思える。

「王瑠様……どうしてですか？　私が逆賊遺子であることを知っていたなら……貴方は何故私を信じたんですか？　私は貴方を親の仇として激しく憎み、失脚を願って当然の人間です。それをわかっていながら、どうして……」

この四年間、囁き続けた偽りの愛の言葉——それらをすべて見抜かれていたのかと思うと、紳蘭は立ち続けていられなくなる。

塗料で赤く引かれた線に膝をつき、利き手で額を抱えた。

親の仇に対して「愛しています」と口にする自分を、何故王瑠は放っておいたのか。

剰《あまつさ》え皇帝暗殺計画を企て、本気で奪おうとしたのか、どう考えても理解できない。

「其方の演技は、あまりにも見事だった」

「王瑠様……」

「男とは愚かな生き物だ。惚れた相手に濡れた瞳で見つめられ、『愛しています』と訴えられると、親の仇であろうと凌辱した相手であろうと関係なく、あらゆる障害を乗り越えて、自分は本当に愛されているのではないかと……この絆《きずな》は運命ではないかと、信じたくなってしまう。頭の片隅で絶対にあり得ないとわかっていても、私は其方の愛を信じたかった」

紳蘭は床に両膝をついたまま、鉄格子を摑む王瑠の顔を見上げる。

今になってこんなことを言うのは卑怯《ひきょう》だと、詰《なじ》ってやりたい気分だった。

大和政府に恨みを持ち、その腹いせになんの罪もない人間を死に追いやった男だ。

大和の誇りを穢したのも両親の首を刎ねさせたのも、この男に間違いない。

年端もいかぬ自分を凌辱したり、勝手に睾丸を切除したり、この男の行為は、どれか一つだけでも殺意を抱いて然るべきものだ。人であって人でない凶悪な男なのに、どうして今になって、愛を信じたかったなどと人間臭いことを言うのだろうか。

「其方が処刑される前に、それを確かめたかった」

「……っ」

「七年の間に、一度でも私を本気で愛したことがあったか？　本当にすべてが演技だったと言うなら、ここから立ち去れ。もしも愛があったと言うなら、死ぬ前に私の抱擁《ほうよう》を受けよ」

鉄格子の向こうから伸ばされた二本の手を見ていると、自制の利かぬ感情が揺れた。

王瑠が愛の証しを求めているなら、それを与えないのが復讐だ。今すぐ背を向け、「愛したことなど一度もなかった、貴方を憎み続けていた」と言い捨てて去ればいい。

いっそのこと、「貴様の顔を見るだけで吐き気がした」とでも言えばいいのだ。

そうすれば、処刑を免れてこんな場所で一人惨めに生きていく彼の心に、深い傷をつけることができる。運命的な愛などないのだと、絶望させることができる。

――より深く孤独な地獄へ、落とさなければ……。

無情に多くの人間を殺《あや》めた男に、慈悲を与えてしまいそうな自分が嫌だった。

この男を遠くから憎んでいたら、憎悪も怒りも、揺らぐことなく保てただろう。けれどもその懐に飛び込んで心にまで触れてしまったら……可愛がられ、本気で愛されてしまったら、揺るぎなく負の感情を保ち続けることは難しい。多少の情が割り込むことはあるのだ。

「王瑠様……」

鉄格子の向こうから伸びる手が、愛の凶器のように思えてならなかった。

彼は武闘家であり、首を絞められたら命はないだろう。散々天遊を苦しめたことを思えば、服毒による安楽死ではなく悶《もだ》え苦しんで死ぬくらいの方が自分には合っていると思ったが、しかしそれでは天遊の心遣いを無駄にし、彼をより悲しませることになってしまう。

足元の赤い線を越えることは、王瑠にとっての救い、天遊にとっての苦痛だ。

王瑠に殺意などなかったとしても、天遊を裏切ることに変わりはない。

ここで王瑠にわずかでも情を見せ、抱き締められるわけにはいかないのだ。

「私は、生涯唯一人の人を愛し続けました。それは貴方ではありません」

零落した王瑠に対して、紳蘭が言えることはこれだけだった。

恨み言も罵倒も何も口にできずに、ただ愛を否定する。

目の前にいるのは、愛した者を二度失った憐れな男だ。

伸ばしていた両手を引いて、冷たい格子を摑んでいる。

「失礼します」

紳蘭は王瑠に向かって一礼し、そのまま歯を食い縛った。

自分はとても残酷な方法で復讐を果たしたのだと思うと、達成感によるものとは違う涙が溢れてくる。

復讐したことを悔やんではいなかったが、人間として、自分は過《あやま》った方法を取ったのだと思った。愛を、復讐の武器にしてはいけなかったのだ。

この涙は、一人の男の愛を踏み躙った痛みの証し——。

泣いていることを悟られないよう、紳蘭は黙って踵《きびす》を返す。

ひたひたと冷たい床の上を歩いていくと、背後から押し殺した嗚咽《おえつ》が聞こえてきた。

紳蘭の服毒刑は、予定時刻に速やかに行われた。

宮廷歌劇団、第一星歌手の座を最年少で射止めた美貌のカストラート――宋紳蘭の最期の舞台は、六名の死刑執行人と四名の官士、二名の軍人に囲まれた小さな処刑台だった。

軍人のうち一名は宋天遊で、彼は左手のほうにいた。

華やかな歌劇の舞台を桟敷席から見下ろしていた時と同じように、熱っぽい視線で紳蘭の最期を見守っていたのだ。

喝采を浴びることのなくなった紳蘭が処刑台の上に跪かせられ、自ら毒を呷《あお》る姿を、彼は黙って見ていた。


――鳥が鳴いてる……雀《すずめ》の鳴き声？

あの悪臭はどこへ行ったのだろうか。

短く切られた髪が額に当たり、さらりと肌を撫でていく。

体の上に載っている温かい物は、羽毛の上掛けだろうか。

だとしたら下にあるのは絹のシーツかもしれない。

茉莉花《まつりか》のよい香りがして、ここは天国なのだと思った。

あれほどのことをしておいて天国に行けたと考えるのは厚かましいにも程があるが、そうとしか思えないほど心地が好く、いい香りに満ちている。

「……ん、ぅ……」

無意識に伸ばした手が毛皮に触れ、死後にも夢を見るのだと知った。

肩や肘《ひじ》や指先が痺《しび》れていておかしな感覚だが、今触れている物の感触……既視感を覚えるこの感触は、生きている大きな獣の物だ。

滑らかで温かく、その下にある筋肉がわずかに動いている。

初めて天遊に抱かれたあと、西華苑屋敷で目を覚ました時のことを思いだした。

「グゥ」

やはり虎空だ。虎空が甘えるように鳴いている。

おそらく自分はあの時の夢を見ているのだろう。

隣には虎空が寝ていて、ここは天遊の寝室……ああ、でもあの時の夢だとしたら、ここに天遊はいないことになる。せっかく夢を見ているのに、それはあまりにも残念だ。

あの時は日没後で、彼は劉家に捕物に行っていて……あれから先、二人きりで会うことは叶わなかった。

「紳蘭、虎空ではなく私のほうに手を伸ばしてくれないか？」

喜色を彷彿《ほうふつ》とさせる声が聞こえる。

重たい瞼を持ち上げた紳蘭は、自然光に目を眩ませた。

柔らかな光のように思えるが、しかし闇から浮上したばかりの目には痛い。

勝手に日没後だと思っていたのに、実際にはまるで違った。

これはおそらく午後の光だ。季節は春に間違いないだろう。

布団の中は羽毛と自身の体温で温まり、動きたくないほど心地好かった。

剝きだしになっている顔や手すらも温かい。春の午後の温もりに包まれながら、自分は今、上質な絹と羽毛に囲まれ、天遊と虎空に挟まれているのだ。

なんて贅沢な夢だろう。

「紳蘭、大丈夫か？」

天遊は寝台の端に座っており、真紅の長袍を着ていた。

そしてとても穏やかに笑っている。

彼のこんな表情を見たのは、出会って間もない頃だけだ。

「天遊様……なんだか、嬉しそうですね」

「ああ、嬉しくてたまらない。お前が俺の隣にいるんだから当然だろう？　気分はどうだ？

先日飲ませた物は眠り薬だったが、今回の薬は正真正銘の毒薬だ。副作用が出て、しばらくあちこちに痺れが残るかもしれない」

「……毒、薬？」

「そう、毒薬だ。心肺を停止させ、瞳孔《どうこう》を開かせる薬。一時的ではあるが、仮死状態になる秘薬を飲ませた。一度死ななければ収拾がつかなかったからな」

死後に見る夢の中の甘い出来事として捉えていた紳蘭の耳に、現実を思いださせる言葉が次々と入ってくる。夢うつつを彷徨《さまよ》って微睡《まどろ》んでいる場合ではないと、高鳴る心音が訴えてきた。頭のどこかで天遊の言葉を理解しつつも、すぐには切り替えられないものがある。

「仮死状態？　私、死んだはずでは……」

「死んでなどいない。俺がお前を死なせるわけがないだろう？」

「天遊様……ですが、私は……」

「罪人としてつらい目に遭わせてすまなかった。だが安心してくれ。痺れが長く残る場合もあるが、長くて一月、早ければ数日で回復する。ここに運び込んでからは二時間と空けずに医師に診《み》せているが、経過は良好だそうだ。念のため今すぐ呼んでこよう」

続けられた言葉に現実味が増してきて、紳蘭は眩しい目元を擦《こす》る。

天遊の姿は確かにここに存在し、そっと手を伸ばすと手を握られた。

さらりとした皮膚の感触、強く握り合うことで感じられる肉と骨の重み……虎空の被毛の手触りも心地好いが、これはそんなものでは済まない。より確かな現実だ。

「私は……本当に、生きて、いるんですか？」

手ではなく、心臓をぎゅっと摑まれている気さえした。

「もちろん生きているとも。何が起きても自害せず、私を信じて待っていてほしいと手紙に書いただろう？　王瑠殿下を完全に失脚させるためには、皇帝暗殺計画の引き鉄になった宋紳蘭の存在が不可欠で……結果的にお前の処刑は避けられなかったが、遺体をどうしようと引き取り手である俺の自由だ」

「遺体……」

半覚醒《はんかくせい》の紳蘭の頭の中に、一度死ぬという発言や、仮死状態にさせる秘薬、遺体といった単語がしばらく留まり、種子のようにぽつぽつと発芽する。

それらは蔦《つた》になって絡み合い、そう複雑ではない全容を描きだした。

「私の願いを叶え、そのうえで……助けてくださったんですね？」

「お前は検屍《けんし》の結果、間違いなく死亡したものと認定され、遺体として身を清められてから棺《ひつぎ》に納められた。昔の恋人であり、パトロン的存在だった俺が火葬することになったわけだ。無論、実際に焼かれたのは別人の遺体だが」

「天遊様……」

「皇太子役の舞台も、これからの舞台も観られなくなってしまい、本当に残念に思っている。だが、お前が復讐という呪縛《じゅばく》から解き放たれて俺の傍にいてくれるなら、それが何よりだ。どうかこれからは、花束紳羅《しんら》としてこの屋敷で暮らしてくれ」

懐かしい名を耳にした紳蘭は、少しばかり痺れが残る手を自分の髪に向ける。

花束紳羅という名だった頃と、同じくらい短くなっていた。

大和から歌手を目指して藍華にやって来た逆賊遺子の少年は、天遊の側近宅に身を寄せていたが行方不明になり、誘拐された可能性が高いとされている。天遊は、その人物に戻れと言っているのだ。そして生きろと、そう言っているのだ。

「生きていて……本当に、いいのでしょうか？」

「生きていてもらわなければ困る。お前が欲に囚《とら》われたり、王瑠殿下を愛していると勘違いしたり、復讐に燃えていたせいで、俺は七年もの間お前と愛し合う機会を逸してしまった。人生の中でこれほどの損失があるだろうか。もちろん詰めの甘い俺が悪かったが、それでも少しは同情の余地があると思わないか？」

「同情だなんて」

「始まりは同情でもなんでもいい。一緒にいられるなら、もう理由は問わない。くだらないプライドやこだわりで損をするのはもう懲《こ》り懲《ご》りだ。どうか俺を少しでも憐れに思うなら、これからは俺のために生きてくれ」

天遊は有無を言わせぬ勢いで言うと、身を伏せて額に口づけてくる。

万全ではない紳蘭を気遣ってか、肩や腕を優しくさすりながら何度も接吻を繰り返した。

――花束紳羅に戻って、再び生きる。

それでいいのだろうか、許されるのだろうか。

迷いはあるが、生き長らえた以上、ここから先のすべてを天遊に捧げたい——今の紳蘭は、何をおいてもそうしたいと思った。

生きることが彼の望みで、今度こそ彼を幸せにできるなら、どんなことでもしたい。

花束紳羅に戻れと言うのなら、その通りにするだけだ。

今度こそ彼の物になりたい。何者でも構わない。否、何者でなくても構わないと言うのが正しい。大和からやってきた少年は、宋天遊のためだけに歌う一人の男になるのだ。

豪華な衣装も妖艶な化粧も要らない。煩わしい長髪も必要ない。

たとえこの屋敷から出られなくとも、心は自由だ。

天遊に望まれるまま歌う、彼の専属歌手になる。

それはなんて喜ばしいことだろう。

皇太子役を演じるよりも、遥かに恵まれた最高の役回りだ。

盛大な拍手喝采は得られずとも、天遊が傍で笑っていてくれる夢のような日々が、この先永遠に続くとしたら——。

「紳蘭、遠回りをしてしまったが、俺と一緒に生きてくれるな?」

力強い黒瞳が濡れて見えて、「はい」と答えるのも儘ならなかった。

涙声になるのを覚悟しながら答えた時には、滂沱《ぼうだ》の涙が溢れだす。

本当に長かった。思い起こしたくもない、険しい遠回りだった。

それでも確かにここに来ることができたのだ。

回り道の果てにあったのは、大和桜の楽園。天遊と虎空がいる、この楽園だ。

「――天遊様……どうか、これまでのこと、お許しください。これから先はずっと、貴方のお傍に置いてください」

「それは俺の台詞だ」

即答した天遊は、「医者を呼ばねばならないのに……」と呟いて笑う。

体重をかけないよう注意しながら覆い被さり、遊びと勘違いして割り込もうとする虎空の顔を押し退けた。

「……ん、ぅ……天遊、様……」

「紳蘭……っ」

額への口づけでは足りないとばかりに、彼は唇を啄《ついば》んでくる。

上唇をそっと舐め、下唇は大胆に吸い、果ては歯列の間から舌を挿入してきた。

それにより口づけが持つ意味は大きく変わり、労《いたわ》りや親愛の情を食い尽くすかのように、劣情を帯びた熱が押し寄せてくる。

「ふ、ぅ……っ」

目を閉じていても、求められているのがわかった。

欲しい気持ちは天遊に負けないほどあり、紳蘭は痺れる両手で彼の背を引き寄せる。

遺体として清められた自分の体は、彼の目に晒せるほど清潔な状態なのだろうか——その確認をする余裕もなかったが、今はこの空間に漂う芳香を信じて、欲望のままに彼を求めていたい。ようやくここに来られたのだ。「愛しています」と、いくらでも言えるのだ。

——貴方を愛しています。これまでも、これからも……！

紳蘭は無我夢中で天遊の舌を吸い、唇を崩し合う。

死を覚悟したことも、生きていていいのかと迷った気持ちも、天遊と触れ合うほどに遠くなっていった。当たり前に、もっと生きていたいと思う。

明日《あす》も明後日《あさって》も彼とこうして口づけて、時に熱くなったり、穏やかにすごしたり、二人の時間を積み重ねて生きていきたい。過ぎてしまった時間は取り戻せないが、より濃密な時をすごすことはできる。生きていれば、どうにだってできる。

「……天遊、様……」

「紳蘭……ッ」

唇が離れても、燃えだした情炎は冷めることを知らなかった。

瞼を上げた紳蘭は涙を隠さず、天遊の顔を真っ直ぐに見つめる。

熱を孕んだ瞳を目に焼きつけながら、彼の長袍の釦《ボタン》に手を伸ばした。

鳳凰《ほうおう》の形をした釦を外すと、同時に絹のガウンの腰紐を摑まれ、するりと解かれる。

露《あら》わになった紳蘭の肌は火照《ほて》りを帯びており、石鹼《せっけん》の香りと消毒薬の匂いが立ち上った。

「紳蘭……今はただ、触れるだけで」

それでは足りないが、今は耐える——天遊のそんな気持ちが伝わってきて、紳蘭はすぐに首を左右に振った。体には痺れが残っており、決して体調がよいとはいえなかったが、彼が欲しくてたまらない。何より彼に、我慢などしてほしくなかった。

「天遊様……香油を、取ってください」

耳まで熱くしながら頼み込んだ紳蘭は、「お願いです」と、哀願する。

口づけだけで昂った性器が下着を内側から押し上げ、絶頂の瞬間を待ち侘《わ》びていた。

睾丸がなくとも血液は熱く巡り、雄の証しを限界まで昂らせている。

しかしそれだけでは足りないのだ。愛する男に抱かれる悦びを知ってしまった紳蘭の体は、双丘の狭間《はざま》も、さらにその奥までも疼《うず》いてやまない。

「天遊様……っ、早く……」

「こらえ性がないな、俺は」

天遊は自身のこめかみに手首を押し当て、そうかと思うと香油瓶を取る。

些《いささ》か性急な動作でカチャカチャと蓋を外し、多めの香油を指に取った。

腹を括って枷《かせ》を外したその顔には、艶めいた笑みが浮かんでいる。

「紳蘭、つらかったらすぐに言ってくれ」

「は、い……ぁ……」

下着の中を弄《まさぐ》られた紳蘭は、喘ぎながら天遊と同じように笑む。

今こうしている時間を、お互いが大切に思っているのを感じられた。

一緒にいる。肌を重ねられる。ただそれだけのことが、こんなにも嬉しい。

「う、あ、ぁ……っ」

「紳蘭、愛している」

香油を纏った長い指が、体内に入ってくる。

天遊の動きはやはり性急で、奥を突くのではなく、後孔を拡《ひろ》げることに終始していた。

彼の雄が、脱げかけた長袍の下で今かと今かと急《せ》いているのが見て取れる。

その昂りたるや三十を過ぎた男のそれではなく、長袍の身頃を持ち上げた挙げ句に、腹を打たんばかりに反り返っていた。

「天遊様……っ、もう、ください……早く……」

紳蘭もまた、こらえきれずに身を起こす。

できるだけ深く欲しくて、四つん這《ば》いになって腰を上げた。

羞恥《しゅうち》も何も粉微塵に吹き飛んで、繋がることしか考えられなくなる。

獣の体位で交われば、横で見ている虎空にも行為の意味を悟られてしまうかもしれないが、いっそ番《つがい》なのだと理解してほしい。雌雄など無関係に、この二人は仲睦まじい番なのだと、そう思ってほしい。

「紳蘭……ッ」

大きく身を伸ばした天遊は長袍を脱ぎ、あまりにも反り過ぎた己の物を引っ摑む。

あえて角度を緩やかにしてから紳蘭の腰に手を添え、後孔に鈴口を近づけた。

香油によって濡れそぼつ柔らかな肉洞にぴたりと当てて、そこからずぶずぶと、硬い猛《たけ》りを埋めていく。

「ひ、あ……あ、ぁ――ッ！」

「……ッ……ゥ……！」

本当に人の肉なのかと疑いたくなるほどの硬さに、紳蘭は身をよじらせて悶えた。

体の中が天遊で満ちていて、抽挿により瞬く間に極みへと突き上げられる。

「天遊、さ、ま……ぁ……！」

早くも達した紳蘭は、射精できない雄から透明の滴《しずく》を迸《ほとばし》らせた。

性腺は残っているため、前立腺を刺激されると先走りの蜜が次々と溢れてくる。

「あ、ぁ……あ……」

「――ッ……！」

後ろから激しく突かれることで、滴が勢いよく飛び散った。

完全な男として射精している気分になるほど夥《おびただ》しい蜜を零しながら、紳蘭は奥を突かれる悦びに打ち震える。

狭隘《きょうあい》な肉筒の中を行き来する天遊の昂りは、めきめきと存在感を増していった。

紳蘭が最も感じる部分に肉笠《にくがさ》を引っかけては擦り、再び最奥まで戻ってくる。

「ふ、あぁ……お、奥……！」

「紳蘭、すまない……長く、持ちそうにない……」

「い、ぃ……も、来て……くださ、ぃ……奥に、いっぱい……っ」

紳蘭は確たる証しを求めて腰を上げ、天蓋を支える柱に縋った。

そうして振り向くと、夢中で自分を抱いている天遊の姿が見える。

「――紳蘭……！」

本当に長い長い遠回りをしてしまったが、精通を迎えた時も今も変わらず、こうして彼に抱かれていることが嬉しかった。お互いを恋しく想う気持ちは変わらない中で、あの時とは違い、今は彼の顔にも官能の色がありありと浮きでている。

「天遊様……っ、あ……あぁ――ッ」

「紳蘭……しん、ら……紳羅……！」

宋紳蘭から、花束紳羅へ――真実の名を呼んだ天遊は、紳羅の中に灼熱《しゃくねつ》の精を放つ。

愛しい物を身の奥に受けながら、紳羅もまた、甘美な絶頂を駆け上がった。

15

藍華暦、四七八年――三月四日。

皇帝暗殺未遂により藍王瑠《ランワンリウ》が幽閉され、宋紳蘭が処刑されてから三年近くが経過したが、宋天遊の身分は相変わらず近衛連隊副隊長のままだった。

出世を望めば高い地位を得ることができるが、天遊はそれを望まない。

十人いる副隊長の一人として、ある程度自由な時間を持てる今の立場を好んでいた。

これ以上の任に就くと、紳羅や虎空が暮らす西華苑の屋敷に通いにくくなってしまう。

今ですら多忙で通えない日が間々あるというのに、出世など御免だった。

午後一時――佐官宿舎の自室にいた天遊は、頃合いを見計らって衣裳部屋の扉を開ける。

ずらりと並んだ軍服や長袍の間に手を入れ、すべての服を片側に寄せた。

奥の壁は大判のタイル張りになっていて、一見するとなんの変哲《へんてつ》もない壁面だが、天遊の部屋には他の副隊長の部屋とは異なる仕掛けがある。

生体認証を必要とする電子錠が取りつけられており、手首を当てると速やかに作動した。

音声ガイダンスはないものの、パスワードを求められ、正確に入力すると壁面のタイルが動きだす。

六枚揃《そろ》った形で奥へと凹みながら開き、成人男性一人が辛うじて通れる抜け穴が現れた。

この抜け穴の存在を知る者は、至極限られている。もちろん決して暴かれてはならない。

近衛連隊専用の佐官宿舎自体が藍華禁城の内城にあり、皇城にも近い格別な場所だったが、この抜け穴の先はさらに特別な場所に繋がっているからだ。

衣裳部屋を出て振り返った天遊は、タイル張りの扉を内側から閉めた。

周囲が真っ暗になる中、軍服に引っ掻けておいた懐中電灯を点ける。

しばらくは人工的なコンクリートの通路が続くが、それはあくまでも枝道の一つであり、梯子を下りた先にある本道は溶岩洞になっていた。

藍華禁城を囲む山々の一つは死火山で、この溶岩洞は古代から地中に存在していた物だ。

洞窟《どうくつ》の地面は凹凸が多く、所々縄が張ってあったり板が渡してあったりと、安全に歩けるよう最低限の配慮がなされていた。

背の高い天遊は、少々息苦しく感じる道を急ぐ。

長居したい場所ではないため、ここを通る時は常に早足だ。

数分歩くと頭上が大きく開けて、常備灯の緑色の光が見えた。

高い位置にあるライトの下に梯子があり、それを登りきるとコンクリートの通路に出る。

先程出てきた場所によく似ているが、無論別の通路だ。

天遊は内側から電子ロックを解除し、暗い地下通路から仄明《ほのあか》るい衣裳部屋に移る。

佐官宿舎の衣裳部屋には、真紅の軍服や長袍、黒い外套《がいとう》が並んでいたが、ここでは藍色の服が何より目立っていた。

最上の長袍と、ツーピースの藍華装。洋装もあるが、長袍の数と比べたら極わずかだ。

藍王朝では、黄金に近い黄色を皇帝の色と定め、禁色《きんじき》としている。

一方、鮮やかな藍色は皇太子の色だ。

藍色の長袍を着ることができるのは、この国で唯一人しかいない。

――予定より少し遅れてしまったな。早く着替えなければ……。

天遊は衣裳部屋の主照明を点け、真紅の軍服を速やかに脱ぐ。

大人しく引き籠もりがちな性格で有名な皇太子は気難しいところがあり、皇太子の部屋に無断で入ることができるのは皇帝くらいのものだった。

幼い頃は後宮で暮らしていたため、皇后や皇太后からの干渉が酷く、それは常軌を逸するほどのものだったが、後宮を出て太子宮に移ってからは自由の身になった。

何しろ太子宮の中にいる女性は、夫に無関心な妻と、その女官達だけで、皇太子の部屋に勝手に入れる者などいるわけもない。

もちろん衣裳部屋にも許可なく人が入ってくることはないため、堂々と下着姿になり、藍色の長袍に着替える。しばし考えた末に、今日はハスの花と幸福の象徴である蝙蝠《こうもり》の刺繍《ししゅう》が施された長袍を選んだ。

最後に鏡に向かい、髪を一つに纏めて高く結い上げ、耳飾りをつけ、皇帝が被る物よりも旒《りゅう》も珠も少ない冕冠《べんかん》を被る。

冕冠は顔を隠す目的で被る物ではないが、それでも仮面をつけた時に近い心理的な効果があった。これを被ることにより、天遊は近衛連隊副隊長の宋天遊から、藍王朝第十六代皇帝藍王龍《ワンロン》を父に持つ皇太子、藍 天 龍《ティエンロン》へと気持ちを切り替えられる。

「殿下、藍芙輝《フーフゥイ》大和大将がお見えです。お言いつけ通り、春 曙 紅《しゅんしょっこう》の四阿《あずまや》でお待ちいただいております」

顔を隠す羽根扇を手に自室を出ると、待ち構えていた側近が恭《うやうや》しく頭を下げる。

引き籠もりがちな性格とは無関係に、皇太子は皇帝同様、他人に姿を見せることが滅多《めった》にない。式典などで人前に出る際も、原則としては御簾か紗の内側にいた。

天龍として顔を見せたことがあるのは、両親と祖父母、後宮で一緒に暮らしていた弟妹、他には妻子と乳母と、限られた一部の者のみだった。

自室を出て午後の回廊を歩いた天龍は、その名の通り春曙紅に囲まれた四阿に向かう。

特別な客人と会えるのを楽しみにしていたため、皇太子らしからぬ早足で先を急いだ。

「芙輝《フキ》、久しぶりだな」

思わず声が弾《はず》み、そんな自分に苦笑が漏れる。

春めいた庭に面した四阿は、廊下から繋がり、庭に向かって突きだしていた。

四本の柱が屋根を支え、直射日光や雨を避けられるだけの広さがある。

四阿の中央には、紫水晶をふんだんに使った白色の円卓が陣取り、わずかに射し込む陽の光を弾《はじ》いていた。

「皇太子殿下には御機嫌麗しく。お会いできて光栄です」

四阿で独り待っていた藍芙輝は、薄紫の長袍姿で一礼する。

武術の達人であり、鍛え上げられた重量感のある長軀《ちょうく》の持ち主だが、その雄々しさとは裏腹に、大和人の母親譲りの美貌と素晴らしい美髪の持ち主でもあり、長く伸ばされた黒髪はさながら蜜の如《ごと》く艶めいていた。

二十八歳の今では男惚れするほど立派な青年だが、かつては、あの宋紳蘭にも引けを取らないほど妖艶で線の細い、女性的な麗人だった人物だ。

「堅苦しい挨拶はいい。他には誰もいないのだから寛《くつろ》いでくれ」

「ありがとうございます。では早速ですがこれを」

芙輝はそう言って、大和の風呂敷に包まれた菓子を見せてくる。

彼は現在、藍華軍大和のナンバー2として、島国大和で暮らしていた。

おかげで以前のように頻繁に会えなくなってしまい、天龍は些《いささ》か淋しく思っている。

「義兄上《あにうえ》のお好きな大和の餅菓子《もちがし》です」

「おお、これは西京《さいきょう》の餅菓子だな？　早速いただこう」

「はい、あ……いけません。お毒見を通してください」

「其方の持ってきた物に毒など入っているはずがない」

「そういう油断はいけませんよ、義兄上」

窘《たしな》めつつも止めはしない芙輝は、七つ年下でありながらも、天龍の人生を大きく変えた男だった。

対外的には大勢いる妹の夫の一人に過ぎないが、彼と一緒にいると——若かりし頃に恋い焦がれ、嫁に行かせずに一生手許に置いておきたかった妹を思いだす。

「ああ、やはり美味だ。この甘さを控えた求肥《ぎゅうひ》と黄粉《きなこ》、黒蜜が好きなのだ。素朴だが、何故これほど旨《うま》いのだろう？　この求肥の食感と、それでいて歯切れのよいことといったらもう、大和の菓子は見た目も味も実に品がよくて素晴らしい」

「私もそのように思います。義兄上ほどの甘党ではありませんが、大和の菓子には好ましい物が多いのです。甘くない菓子もありますので、次回はそういった物をお持ちしましょう」

「それもいいが、餅菓子も忘れないでくれ」

「はい、承知しております」

くすっと笑った芙輝は、指を口元に寄せる。

大きな手、関節がわかる長い指。美しくとも男らしい手だったが、仕草がとても滑らかで目を惹いた。軍服を脱いでいる時は威圧感も険相もなく、優美な雰囲気が際立つ。

こうして人の目や耳が届かない場所で会う時、藍芙輝は天龍にとって義弟ではなく、唯一無二の親友だった。少なくとも天龍はそう思っている。

芙輝の人生は、天龍とは比較にならないほど苦難に満ちたものだったが、しかし彼は常に明るく前向きで、自分を律しながらも魂の自由を守っている。

成長した彼にもしも出会わなかったら、自分は今でも母や祖母の呪縛から逃れられず、宋天遊というもう一つの人生を生きることなど思いつきもしなかっただろう。

「大和の菓子職人が相変わらず美味な菓子を作れるということは、大和は変わらず平和だと考えてよいのだろうか？」

「はい。大和攘夷党《やまとじょういとう》など反乱分子は未だに暗躍していますが、概《おおむ》ね平和と言えるでしょう。藍華に逆らいさえしなければ、大和人は自国の文化を守り、それなりの生活ができます」

天龍の問いに答えた芙輝の顔つきは、優美なベールを一枚剝がしたかのように軍人らしいものになっていた。

「もう間もなく、王瑠殿下が幽閉されて三年経つが、我が帝国の支配力に揺るぎはないか？大和人は今でも我が国を恐れているのだろうか」

「無論恐れています。長きに亘り恐怖政治で大和を支配した藍王瑠総督の失脚が隠蔽《いんぺい》され、影武者が総督らしく振る舞っている現状、大和人の我が国への見方は変わらないかと」

芙輝の答えに天龍は複雑な思いで、「そうか」と短く返す。

皇太子としてこの世に生を受けた天龍は、本来ならこの太子宮から出ることは許されない。地下通路を抜けて宋天遊になったところで、藍華の城下町に行ったり、近隣の山を登ったりするのが精々だった。毎日一度は必ず太子宮に戻ることが、皇帝との密約だからだ。

当然ながら海を渡って大和に行けるわけもなく、報道及び報告される情報は偽りばかりで信じられない。

ある程度自由に動ける芙輝を信じて、目や耳になってもらうより他なかった。

「支配力が揺るぎないのはよいことだが、非人道的な我が国の常識を押しつけることは支配力を高めるだけではなく、民族間の憎悪を深めることに繋がってしまう。何より、今の国際社会で通用するものではない。そろそろ藍王瑠政権を終わらせるべきだという考えが私にはあるのだが、其方はどう思う？」

「義兄上、私は軍人であって政治家ではございません」

芙輝は笑みを完全に消した顔で答えたが、瞳には含むところがあるように見えた。

皇帝の娘婿《むすめむこ》として寵臣《ちょうしん》の立場にありながらも、芙輝は政《まつりごと》にかかわることを望まず、軍人という身分を越えようとはしない。

彼が本気で強請れば大和総督の座も手に入れられるというのに、権力には興味がないようだった。そうかといって、母親の祖国である大和の現状を憂いていないわけでもない。

「個人的な意見を聞きたいのだ。父上も、『大和の変革については三年経ったら考える』と仰《おお》せだった。その時が迫る今、私は其方が大和総督になれるよう父上に推挙したいと考えている。今こそ支配の方向性を変えるべき時ではないか？」

西華苑の屋敷で暮らす最愛の恋人——花束紳羅の気持ちを汲んだ天龍は、大和帝室を敬う心を持つ芙輝を大和総督として立て、紳羅の心を少しでも癒したかった。

今から約三年前に起きた皇帝暗殺未遂事件。そこに至る長い準備段階を含めて紳羅は身を削る思いをしたが、そうまでしたにもかかわらず、大和を取り巻く環境はあまり変わっていない。非常に残念なことに、皇帝は異母弟の藍王瑠の失脚を表沙汰《おもてざた》にしなかったのだ。息子の天龍の再三の頼みにも耳を貸さず、宋紳蘭を暗殺未遂事件の首謀者として公表した挙げ句に、表向きとはいえ処刑してしまった。

初代大和総督として、世界に向けて顔や声明を出している第一皇弟の王瑠が、実兄である皇帝の暗殺を謀《はか》って幽閉されたと公表するのは、国家として都合が悪かったからだ。

それに加え、大和総督としての王瑠の働きは、藍華側からすれば評価されるべきもので、皇帝は影武者を立てて大和の王瑠政権を持続させることを極秘決定した。

現在、本物の王瑠が地下牢に幽閉されていることを知る者は少ない。

「私は軍人であり、そのうえ若輩の身です。推挙していただいても大和総督になる気はありません。ですが……大和で逆賊遺子の青年と出会ったことで、これまで知らなかった事実に触れました。今、色々と考えているところです」

「逆賊遺子の青年?」

芙輝の言葉を鸚鵡《おうむ》返しにした天龍は、紳羅の顔を思い浮かべた。

紳羅もまた逆賊遺子であり、特殊孤児院を出たあとは男妓楼《ぎろう》に行くはずだった身だ。

しかし紳羅の場合は珍しいケースで、ほとんどの男子は永久兵役を言い渡され、陸軍高等学校に上げられると聞いている。

「それは、軍人か?」

「はい。とても優秀で、魅力的な青年で……私と同じく、ハスを意味する名を持っています。出自のせいで苦労したようですが、逆境にあっても挫けずに立ち向かう清い心根に惹かれ、力になれたらと思っていました。ですがどうやら一方通行のようで、拒まれています」

「一方通行? 其方を拒む者がいるのか?」

「はい……私がいけなかったのです。つい感情的になったり、彼の都合を考えずに踏み込み過ぎてしまうことがあったりと、反省すべき点は多々あります」

「それにしても不思議な話だ。何かの間違いではないのか?」

「ならばよいのですが」

芙輝は切なげな顔をすると、円卓の上の茶を一口含んだ。

やはり軽やかで美しい所作ながらに、そのあとにつく溜《た》め息は重苦しく、悩んでいるのが目に見えてわかる。

皇帝の御召《おめし》があっても何かと理由をつけて帰国しなかったのは、心惹かれる存在が大和にあったからなのだろう。そして今回ようやく帰国したのは、目をかけていた青年に拒まれたことによる傷心旅行を兼ねているのかもしれない。

「義兄上、私はおそらく、軍人だからといって大和の現状を黙って見過ごすことができなくなるでしょう。今すでにそういった予感はあるのですが、まだ覚悟が決まっておりません。王瑠政権を今度どうするべきか、それについて語るのは、心ある大和人の本音を十分聞いて、熟考したあとにしたいと存じます。今しばらくお時間をいただけますでしょうか」

「――承知した。大和に関しては、実際に大和で暮らし、大和人の血を持つ其方が判断するべきことだと思っている。私としては其方に大和総督になってもらいたいが、もちろん強要する気はない。帝位に就くまでは父上を説得することしかできない不甲斐ない身ではあるが、大和のために、延《ひ》いては国際社会に於ける我が国の地位向上のために、できるだけのことをさせてほしい」

皇太子として思うところを述べた天龍に対し、芙輝は静かに頭を下げた。

礼を尽くしてから、おもむろに顔を上げる。

春曙紅が咲き乱れる庭を背負う芙輝の表情は、再び柔和なものに戻っていた。

「ところで義兄上、紳蘭殿は今も西華苑のお屋敷に？　御壮健でいらっしゃいますか？」

「ああ、もちろんだ。人前で歌えなくなっても嘆くことなく、今は曲作りに励んでいる」

冕冠から下がる旒と珠の向こうにいる芙輝に、天龍は微笑みながら答える。

すると芙輝は晴れやかに笑い、「御壮健で何よりです」と、安堵した様子を見せた。

その一方で、天龍と紳羅の関係を羨むように自嘲する。

やはり、今回の帰国は感傷によるものなのだろう。

普段なら、天龍の秘密の恋人である紳羅のことを、自分から訊いてきたりはしない男だ。

「私は紳蘭殿のファンでしたから、あの事件のことは本当に残念に思っています」

「そうだな。宋紳蘭としての彼を守ってやることができなかったこと、今でも悔やんでいる。

彼に関することでは、十年前から後悔ばかりだ。……だが、今は今でとても幸せに暮らしている。彼には元より音楽的な才能があるのだろう。私が手を回したわけでもないのに、名を変えて応募した作品が宮廷歌劇団に次々と採用され、覆面作曲家として名を上げつつある。

どれもよい曲ばかりだ」

「それは素晴らしいですね。紳蘭殿の曲が使われる舞台を観てみたいものです」

「其方が藍華にいる間に上演されればよかったのだが、次の公演はだいぶ先だ」

天龍の言葉に芙輝は残念そうに眉を寄せ、「いずれ必ず観に行きます」と答えた。

彼が宋紳蘭のファンというのは本当で、特に後宮物の舞台で紳蘭が妃役を演じていた時は、同じ舞台を何度も観にいくほどだった。

「紳蘭は、其方の母君に少し似ているからな」

「はい。青年役の時は特に思いませんでしたが、女装して美しく着飾ると、ふとした瞬間に似ているると感じるのです。もちろんそういったこととは無関係に素晴らしい星歌手でしたが、私にはより特別な方でした。そのような事情もありまして……紳蘭殿が義兄上の許で幸福に暮らしていることは、私にとっても幸せなことです」

亡き母親を思いだして微笑む芙輝は、さながら菩薩《ぼさつ》のようだった。

如何《いか》なる苦境にあっても、人を許すことを知り、幸福になるために前を見て歩いて行ける人間は強い。いつまでも己の境遇を嘆いたり、復讐心に取り込まれたりしていると、いつか這い上がれないほど深い闇に落ちてしまう。完全に解き放たれることは難しいとしても、足掻《あ》けば必ず今よりも浮上することを信じて、諦めずに足掻《が》くべきなのだ。

すべてを壊すのではなく、捨てるのでもなく、命を与えられたことに感謝して生きる。今よりも幸福になれることを信じて、可能な限り自由を謳歌《おうか》する――芙輝がそれを教えてくれたから今の自分があるのだと、改めて思った。

「今、紳羅が幸福に暮らしているのは事実だが、しかし完全というわけではない。私はまだ、彼に自分の正体を打ち明けてもいないのだから。彼が知る私は全体の七割くらいのものだ」

「いつ打ち明けるおつもりなのですか？」

皇太子と天遊の関係を知る数少ない人間である芙輝の問いに、天龍はしばらく黙り込む。

打ち明ける時期については予《かね》てより決めていたことで、いまさら考える必要はなかった。

しかしそれを誰かに向けて発言する以上は、有言実行しなければならなくなる。

腹を据えて、覚悟を以て口にすべきことなのだ。

「藍王瑠を大和総督の座から引き摺《ず》り下ろし、罷免《ひめん》する時が来たら……私は自分がこの国の皇太子であることを紳羅に告白しようと思っている。紳羅を苦しめた男が、ただ幽閉されているだけでは足りないのだ。その状況まで持って行ったのは紳羅自身……星歌手の宋紳蘭であって、私はまだ何もしていない」

「義兄上は精いっぱいのことをなさっていると思います。我らが皇帝陛下は……以前よりはだいぶ落ち着かれたとはいえ、やはり御気分に左右されるところがある御方です。義兄上の意の儘にならないことがあるのは仕方がありません。無理を通せば御機嫌を損ね、紳蘭殿が本当に殺されてしまう危険もあったのですから」

「ありがとう。父のことを話し合えるのは其方だけだ。私は、藍華人であり皇太子であるが故に、国益を著《いちじる》しく損なうことはできないが……両国を繋ぐ懸け橋となる人物を総督として大和に送り込むことができた時、ようやく皇太子として紳羅の前に立てるのだ」

そのためには其方が必要だ──と視線で訴えた天龍に対し、芙輝は難しく眉を顰《ひそ》める。

新総督として相応しい人物は彼しかいないと天龍は思っているが、しかし芙輝には芙輝の人生があり、今は逆賊遺子の青年との人間関係に悩んでいるようでもある。

そもそも、大和に関しては今しばらく時間が欲しいと言われたばかりだった。

「急かす気はないが、頭の片隅に入れておいてくれ」

「承知致しました」

真摯《しんし》な目で答える芙輝の顔を見据えながら、天龍は新しい時代を夢見る。

藍王朝、四七八年の歴史は重く、受け継がなければならない伝統と格式がある。罷《まか》り間違っても民主化させぬよう、絶対王政を守るのが自分に課せられた最大の使命だ。

それはよくわかっているが、守る価値のある王政でなければ、そこにしがみついてはならないとも考えている。皇太子として生を受けたから、天子になるのではない。「この皇帝の治世に生まれてよかった」と思われる時代を作ってこそ、天子と言えるのだ。

――まだ若い今は難しいとしても、私が藍華皇帝として即位する時……その時には其方も大和総督として大和に君臨し、共に重い任を負ってくれるだろうか。芙輝、私は其方と共に新しい時代を築きたい。

「芙輝……大和の話を聞かせてくれ」

大和の好ましい餅菓子と、それによく合う藍華の花茶を堪能しながら、天龍は大和帰りの芙輝に質問を投げかける。敬愛する彼の口から大和という国について聞きたくて――帝室のことや大和軍のこと、市井の民の生活や逆賊遺子の生き様など、思いつくまま、ありとあらゆる事柄について問いかけた。

エピローグ

藍芙輝が太子宮を去ったあと、天龍は自室に籠もり、衣裳部屋に足を踏み入れる。

皇太子の冕冠と禁色の長袍を脱いで軍服に着替えると、ただそれだけで背中に翼が生えたような解放感を覚えた。本来の自分が藍天龍であることは重々承知しているが、それでも、亡き弟――宋天遊の人生は自由で尊い。

地下通路を急いだ天龍は、まずは佐官宿舎の自室に戻り、宋天遊として藍華禁城をあとにした。他の人間と同様、城下にある自宅に帰るというだけのことだったが、皇太子としては決して叶わない行為だ。

城を出たあとは、側近が運転する車に乗り込み、西華苑に向かう。

行く先は、亡き弟ではなく自分自身が購入した屋敷だ。

男子の双子は王朝を滅ぼすという言い伝えが古くからあり、天龍の双子の弟は、最初から存在しなかったものとして名門宗家に預けられた。

藍一族からも外された天遊は、己の出自を知らぬまま奔放に育ち、近衛連隊に入隊したり妻を持ったりと、表向きは順調な人生を歩んでいたが……実際には身持ちが悪く粗暴な男であったために妻に愛想を尽かされ、さらには男の愛妾に腹を刺されて、宿舎の自室で誰にも看取《みと》られぬまま息を引き取っている。

天龍がその事実を皇帝から知らされたのは二十二歳の時で——妹の夫として現れた、弱冠十五歳の藍芙輝と出会った直後だった。

自由を求めた天龍は、宋天遊の人生を受け継ぎたいと皇帝に頼み込み、皇帝自身、皇太子時代に籠《かご》の鳥として育ったことに劣等感を抱いていたため、天龍の希望を受け入れた。

親子は密約を交わし、宋天遊の人生は天龍によって受け継がれることになったのだ。

母親である皇后は宋天遊が死亡したことを未《いま》だに知らず、引き籠もりがちで大人し過ぎる皇太子よりもむしろ、世間的に評判がよくなっていく天遊の方を可愛がり、出世させるよう皇帝に要らぬ進言をする有り様だった。

皇后にとっても皇太子妃にとっても、大事なのは皇位継承権第一位を持つ藍天龍であって、そこに感情はない。愛とは異なる欲望に囲い込まれて雁字搦《がんじがら》めになっていた天龍にとって、宋天遊として得たものは真に価値のあるものばかりだった。

「虎空、ただいま帰ったぞ」

肩書など無関係に駆け寄ってくる白虎の首を抱き、天龍は西華苑屋敷の庭を見渡す。

大和桜が花開くのはまだ先だが、三月初旬の夜風はそう冷たくはなく、春の訪れを感じさせるものだった。庭に面した廊下の奥から先を急ぐ足音が聞こえてきて、成人男子にしては高めの声で「天遊様」と呼ばれる。

妖艶にして嫋《たお》やかな微笑みが想像できるような、明るい声だった。

「ただいま、紳羅」

「お帰りなさいませ。首を長くして待っていました」

化粧気のない顔、短い黒髪、凡庸なツーピースの藍華服——今の彼はかつてのように飾り立ててはいないのに、その笑顔は第一星歌手宋紳蘭に勝るとも劣らないほど輝いている。

その輝きこそが、天龍の心を支えていた。

「予定より遅くなってすまなかった。友人と話し込んでしまって」

「そんなに楽しいお話だったんですか？」

「う……ん、どうだろう。楽しいこともあればそうでないこともあったが、とても有意義な時間だった。いつか話したことがあるのを憶えているか？　俺の人生を大きく変えた少年だ。今はもう立派な青年で、大和で仕事をしている」

「……大和で？」

「ああ、藍華軍大和の将官だからな」

縁側から庭に下りてきた紳羅は、大和と聞いて俄然《がぜん》興味を示した。

皇帝の一存により王瑠《ワンリウ》の名が貶められていないことも、影武者によって王瑠政権が続いていることも知っている紳羅は、そのことについて取り立てて不平不満を言わないが、大和の現状については常に意識を向けている。

「大和帝室の御方《おん》々は、心身共に健やかでいらっしゃるそうだ。彼は帝に直接お目にかかる立場にあるため、間違いない。歪められた情報ではなく、本当の話だ」

「それを聞いて安心しました。いつか、そのお友達に会わせていただけますか？」

「う、う……ん、それは難しいところだな。紹介したいと以前から思ってはいるが、お前が彼に惚れてしまいそうで怖くてできない。何しろ本当に立派で、そのうえ美しく優雅な男で、大和の公家華族の血を引いているし、俺よりも遥かに正確で綺麗な大和語を話せる。しかも向こうも宋紳蘭のファンだ。目の前で互いに見惚《みと》れ合ってときめかれでもしたら、俺の心がどうかしてしまう」

天龍が半ば本気で言うと、紳羅はぷすんと頬を膨らませる。

来月には二十六になるというのに、そんな顔をすると可愛くて仕方がなかった。

いくら不機嫌顔で睨まれても、見ているこちらは正反対にとろんと相好を崩してしまう。

「私は、血筋や肩書に惑わされるような人間ではありません。かつてはそういう拙い時期もありましたが、今はすっぱり卒業しました。見た目にしてもそうです。私が貴方以外の誰に見惚れるって言うんですか？」

「ああ、すまない。そんなに嬉しい怒り方をしないでくれ」

天龍が笑顔で応戦すると、紳羅は虎空と競わんばかりに身を寄せてきた。

天龍の軍服の肩に顎《あご》先を預け、背中に両手を回してくる。

短くとも艶のある髪から、甘い香りが漂ってきた。

「ごめんなさい。三年経っても信じてもらえていないのかと思って」

「冗談を真に受けないでくれ。自慢の友人なので、誰に紹介するにしても危機感があるのは事実だが、お前を信じていないわけじゃない」

「わかっています。ごめんなさい」

ぴたりと身を預けてきた紳羅を抱き寄せた天龍は、白いうなじに指を寄せる。

信じる信じないなどという話になると、それに乗じて言ってしまいたい言葉があった。

お前は血筋や肩書に惑わされたことなど過去に一度もないはずだ——と、そう言いたい。

最初から、一途に俺のことだけを愛してくれていたことを知っている。今の俺は何もかも知っているんだと、言いたくて仕方がない。

「お前を信じている」

「……はい」

天龍は両手に力を籠めながら、そっと瞼を閉じた。

今腕の中にある一つの命を、心から愛しく思う。けれども愛すれば愛するほどに、紳羅が抱えてきた苦痛が胸に重たく伸しかかってきた。

紳羅の嘘を早い段階で見抜けなかったことを悔やみ続けている天龍は、真実を知って三年経過した今でも、その罪から逃れられずにいる。

皇帝の寝所に紳羅が呼びだされる際は、側近として御簾の内側に常に控えていた天龍は、藍王瑠に対する紳羅の愛情に疑いを持ち、皇帝の口を借りて紳羅の本音や事の真相を聞きだそうとしたり、逮捕後の王瑠を再三尋問したりと、言葉に鞘《さや》がある紳羅の真実を暴くために動いたことがある。

尋問の結果、王瑠が宋紳蘭を脅して凌辱したことや、無断で睾丸切除手術を行ったことが判明し、紳羅の言葉の多くが嘘であったことを確信できたが――それらを必死で隠し通してきた紳羅の気持ちを慮《おもんぱか》ると、嘘を暴いて自己満足な謝罪をするわけにはいかなかった。

真実を知った時、天龍は胸を掻《か》き毟《むし》りながら懊悩《おうのう》し、己を責めた。

悔やんでも悔やみきれないのは当然の話だ。

宋天遊という、自由の身を守ることに執着せずに、自分の正体を早々に打ち明けていたら、もしもそうしていたら――紳羅が王瑠の脅しに屈することはなかった。

皇帝の弟として権力を笠に着て迫る王瑠に対し、「僕は皇太子殿下の愛妾です」と、そう言ってさえいれば、容易に身を守ることができただろう。

紳羅は、天龍が紳羅を守れなかったことで、自身を責めたり悔やんだりしないようにと気遣い、王瑠との関係は合意のものとして十年間ずっと嘘をつき通していると思われるが――真実が明らかになった時に天龍が受ける苦痛と悔恨は、紳羅が考えている以上のものだ。

さらには、紳羅の嘘で守られ続けることにより、天龍の苦しみは一層深まっていく。

「さすがに少し冷えてきたな」

「そうですね、お風邪を召されたらいけません。早く部屋に入りましょう」

「どの部屋がいいかな？」

悲しくも優しい嘘をつく紳羅が愛しくてたまらず、天龍は肌を合わせたい欲求を示す。

抱き締めながら耳朶《じだ》を食《は》むと、紳羅は嬉しそうに微笑んだ。

「――お好みのままに」

甘美な答えを耳に注がれ、心臓が高鳴る。

宋天遊という、自由な自分を守ろうとするあまり、紳羅を守れなかったこと、彼が負った壮絶な痛みに気づけなかったこと、そして彼を信じきれなかったこと――あらゆる罪を胸に抱えながら、天龍は笑う。

嘘により守られることが罰ならば、今は紳羅の望み通り、幸せな男でありたい。

紳羅の隣で常に輝いていられるように、口角をしっかりと持ち上げて微笑んでいよう。

それは決して偽りの微笑みではない。

愛する者にこれほどまで思われて、幸せを感じない男がいるだろうか。

「紳羅、身も心も温めてくれ」

唇を求めれば与えられ、肌を合わせるまでもなく温もりが行き交う。

紳羅の唇を味わいながら、天龍は何物にも代えがたい幸福を感じていた。

久しき花

藍華《らんか》帝国は情報規制が厳しい国だが、国内の全地域で同様の規制が行われているわけではなかった。富裕層が多く住む城下の市街地は規制が比較的緩く、紳羅《しんら》が暮らす西華苑《せいかえん》の中の屋敷では、複数のテレビ番組から視聴するものを選ぶ自由がある。

「それは帝室ニュースか？」

入浴を終えた天遊《テンユウ》が浴室から戻ってきたため、紳羅は「はい」と答えつつリモコンに手を伸ばした。彼を待っている間、いつも録画している番組を見ていたのだ。

「ごめんなさい、すぐ消しますね」

「いや、消さなくていい。俺も興味がある」

絹のバスローブ姿の天遊は、そう言って紳羅の傍《そば》まで来る。

濡《ぬ》れた長い髪を拭《ふ》きつつ長椅子《ながいす》に腰かけると、大和《やまと》帝室の活動記録番組に目を向けた。

画面には、避暑地の海辺を歩く帝《みかど》と帝妃《ていひ》の姿が映っている。

「本当に興味があるんですか？」

「まあそれなりに。我が国に置き換えると皇帝や皇后に当たる人が、こうして普通の服装で民間人の前に出ることが凄《すご》いなと思う。暗殺の心配がないところが素晴らしい」

「心配がないわけではないと思いますが、そんなことを考える大和人はそうそういません。それに物々しい藍華軍の護衛が常に一緒ですし、これでも以前に比べると近づき難い存在になっているそうですよ」

「以前はもっと親しみやすかったわけか」

「はい。大和帝室はそういうものですから」

紳羅は天遊と並んで会話していたが、視線は画面に向けていた。

そうして二人で見ているうちに、不意に一人の軍人の姿が目に留まる。

帝室護衛を務める藍華軍人が映り込むのは珍しいことではなかったが、普段は軍帽の陰に顔が隠れているため、個人として認識することはあまりない。しかし今見ているのは青天の海辺という環境で、陰を凌駕《りょうが》する光により、顔が明瞭《めいりょう》に映っていた。

「――っ、あ……」

思わず声を漏らした紳羅は、再びリモコンを手にする。

慌てながらも目当てのボタンを押し、映像を十数秒前まで戻した。

「紳羅、どうしたんだ？」

「すみません、知り合いが映っていた気がして」

「知り合い？」

紳羅は画面を食い入るように見つめ、軍人の顔が映った瞬間に静止ボタンを押した。

大きな画面の中に、懐かしくも新鮮な顔が映しだされている。

軍帽を被《かぶ》っていてもわかる、亜麻色の髪の美青年――洋人の血を感じさせるその美貌《びぼう》は、記憶の中に今も息づく少年の記憶と繋《つな》がっていた。

「蓮《れん》……っ、こんなに立派になって……」

大和を出てから彼がどうしているのか気になっていた紳羅は、感極まって笑みを零《こぼ》す。

同じ逆賊遺子《ぎゃくぞくいし》であり、特殊孤児院で三年間共にすごした月里蓮《つきさと》――藍華帝国と、大和総督藍王瑠《ランワンリウ》を憎悪し、復讐《ふくしゅう》心で目をぎらつかせていた少年が、藍華軍人となって帝室護衛の任に就いている。それはなかなかに複雑で皮肉な光景ではあったが、彼が無事なのは確かだ。

「レン？　この青年は知り合いか？　もしや、逆賊遺子か？」

「はい、同じ孤児院で育ちました。月里蓮という名前です」

「ツキサトレン……レンの字は、ハスを意味する蓮か？」

「はい。睡蓮《すいれん》の蓮です」

天遊が何故《なぜ》そんなことを訊《き》くのかわからなかった紳羅は、ありのままに答えた途端、彼の目の色が変わるのを見て取る。

やや身を乗りだした天遊は、月里蓮の顔をまじまじと見るなり、「なるほど、美人だな。そこはかとなく色気があって、確かに魅力的な青年だ」と感嘆した。

「――ッ」

天遊が言うと腑《ふ》に落ちないものがあり、紳羅はこめかみをぴくりとひくつかせる。

成長した蓮は確かに魅力的で、清廉《せいれん》さの中に艶《つや》っぽい美しさがあるように見える。

それは素直に認めるが、そんなことを恋人の隣で平然と言うのはあんまりな話だ。

しかも今、紳羅は浴衣《ゆかた》姿だった。天遊に求められて湯上りに着ていて……もちろんこれはこれで褒められはしたが、それ以上に熱っぽく他人を褒めるのは言語道断、以《もっ》ての外だろう。

「確かにって、なんですか？　私は今、彼のことを魅力的だとか美しいだとか一言も言っていませんが。どこから『確かに』が出てきたんですか？」

生来高めの声をバスの声域まで低めた紳羅の横で、天遊は息を詰めて居竦《いすく》まる。

恐る恐る紳羅の顔を見ると、「誤解だ」と、普段よりも高めの声で否定した。

顔は強張《こわば》り、静止画面の蓮にも負けないほど表情が固まっている。

「何が誤解なんですか？　見惚《みと》れてたじゃないですか」

「ち、違う。見惚れてたわけじゃない。とにかくだな、俺にとっては紳羅が一番だ。お前に勝る者などいない。世界中に自慢したいくらい、最高の恋人だ」

「そんなふうに持ち上げても騙《だま》されませんん」

ぷいっと顔を背けた紳羅は、次の瞬間リモコンを奪われる。

画面の中で凛然《りんぜん》としていた蓮の顔が、小さな電子音と共に消えた。

代わりに現れた黒い画面には、長椅子に座る二人のシルエットが映しだされる。

最初のうちは今よりも密着していたはずだったが、紳羅が不機嫌になったせいで、二人の距離は少しずつ広がっていた。

「そうか……持ち上げて駄目なら、突き上げるしかないな」

そう言ってにやりと笑うなり、天遊は突然距離を詰めてくる。

長椅子の座面に押し倒された紳羅は、驚いて「ひゃっ」と声を上げてしまった。

蓮よりも一つ年上の身としては、成熟した色香を強調しておきたいところだというのに、半ば擽《くすぐ》り気味に脇腹《わきばら》を責められ、否応《いやおう》なく笑わされてしまう。

「天遊様……っ」

「可愛《かわい》い可愛い、俺の金糸雀《カナリア》」

「私はもう、可愛いって歳《とし》では……っ」

「いくつになっても、不貞腐《ふてくさ》れていても、お前は可愛い」

そう言いながら襲ってくる天遊に組み敷かれ、紳羅は甘い吐息を漏らす。

身八口《みやつぐち》から手を忍ばされ、やはり擽りつつ胸に触れられた。

帯を解かれた時《ほど》には、天遊が自分を笑わせたがっているのがわかる。いくつになっても、不貞腐れていても可愛いが、笑うとより可愛い——そういう意味の愛撫《あいぶ》なのかもしれない。

「天遊様……ぁ……」

艶っぽく振る舞おうとすれば笑わせられ、笑おうとすれば官能的な吐息を引きだされて、なかなか上手《うま》くいかない。巧みなはずの演技力はどこへ消えたのかと思うほど儘《まま》ならず……天遊の腕の中で、早くも蕩《とろ》けてしまう紳羅だった。

あとがき

『愛を棄てた金糸雀』をお手に取っていただきありがとうございます、犬飼ののです。

本書はルチル文庫さんで二〇一五年に出していただいた『妓楼の軍人』のスピンオフで、『妓楼の軍人』のドラマＣＤ化が決まる前から予定していた作品です。

勿体ないほど素晴らしいＣＤを出していただいたおかげで、芙輝や蓮、李月龍元帥や桂木セラの話の続きが読みたいという御要望をいただけて本当に嬉しかったです。

しかしながらすでに頭の中に生まれていた紳蘭（紳羅）と宋天遊、そして藍王瑠の顛末を書きたい想いを抑え切れず、予定通り今回のスピンオフを書きました。

設定や展開上、容赦のない部分があるにもかかわらず、最初から最後まで自由に書かせていただき、ルチル文庫様には心から感謝しております。


蓮は庶民目線で弱者優先、紳蘭は華族目線で帝室優先という差はあるものの、共に祖国を愛する心の持ち主なので、いつか二人が再会して無事を確認し、笑い合える日が来るのではないかと思っています。

蓮の相手の芙輝に関しては、『妓楼の軍人』のネタバレ防止で少々暈して、最低限必要なことしか書きませんでした。

この本だけですと、奥方の身内に恋話をする非常識な人になっていますが、実際は決して悪い男ではありませんので、よろしかったら既刊もお手に取ってください。本書とは異なる王道路線のため、受けの貞節という点では安心してお読みいただけるかと思います。

前作に引き続き、目を瞠るほど美しく豪華なイラストを描いてくださった笠井あゆみ先生、本当にありがとうございました。カバーに虎空まで入れていただき感激でした。思わず手が伸びてしまいそうなモフモフ感と、艶っぽい二人が本当に素敵で引き込まれそうです！

最後になりましたが、いつも温かく応援してくださる読者様、関係者の皆様に心より御礼申し上げます。ありがとうございました。

犬飼のの